JN083814

バーナード・マラマッド

テナント

青山南訳

みすず書房

THE TENANTS

by

Bernard Malamud

First published by Farrar, Straus and Giroux, 1971

Japanese translation rights arranged with
Paul Malamud and Janna Malamud Smith
c/o Massie and McQuilkin Literary Agents, New York through
Tuttle-Mori Agency, Inc., Tokyo

ジャンナに

かれはまだ生きていて、目を開いたまま、われわれを、わたしを殺した者たち、と呼ぶ。

アンティフォン『テトラロギア』

やってしまわなくちゃ、終わりを見つけなくちゃ……

ベッシー・スミス

テナント

レサーは、さみしい鏡のなかの自分の姿をチラッと見ながら、本を終わらせるために目を覚ます。真冬に、生きた土のにおいがした。遠くから、港を出ていく船のかなしげな汽笛。ああ、あれといっしょに出かけられたら。ふたたび寝ようともがくが、それはかなわず、両脚をしばられてベッドから引っぱり出される馬みたいに、落ち着かない。起きて書かないと、さもなきゃ、こころに平和は来ない。選択の余地はない。「まいったなあ、何年たったんだ」毛布を放り投げてふらふらっと立ったそばには脚のぐらぐらしている椅子があって、そこに服がのっかっているので、冷えきったズボンをゆっくりはく。また一日がはじまる。

レサーはいやいや服を着るが、番狂わせに愕然としている、朝には書くぞ、という火のような欲望とともに寝たのだから。昨日の夜は想いも甘く、明日を待ち焦がれていた。期待とともに眠っても、抵抗をかんじながらかなしく目を覚ますレサー。なんのせい？　だれのせい？　どんな無意味な夢が邪魔している？　眠りには夢がびっしり詰まっているのにひとつも覚えていない、しかし、なんだか怖い白昼夢は見る。階段で出会う、この知らないやつだ……

「なにを探してるんだ、ブラザー？」

「だれがブラザーだって、マザー？」

侵入者はここで退場。昨日の空き巣狙いか、それとも早くも今日のか？　変装したレヴェンシュピールか？　ここを焼くか爆破するためにそいつが雇った悪党か？

おれの活発すぎる想像力は変な方向に動く。レサーは自分でことを厄介にしているのだった、ある理由で。その話をすると長くなるが、とりあえずは、自分の本をどう終わらせたらいいかがわからないということ。エンディングの来るのがどうしてこんなにもむずかしくなっているのか、もわからない、そこにたどりつくためのステップはことごとくつくりだしたのにだ、もっとも、そのなかにはよくよくながめればぼろぼろに崩れてしまうものもあるが。それでも、いずれは来るはずだ、そういうものだろう。おそらく終末論的な想いから避けているのでは？　終わりには耐えられないみたいな？　本をひとつ書くとそれだけ死に近づいてしまうというような？

ひとつが終わったら、すぐに、つぎをはじめる。

いまや想像力の動きかたは、書き終えるのを想像することに、長い労苦がとうとう終わることを想像することになった。安堵、静穏、朝をベッドのなかですごす一ヶ月。海の夜明け、目覚めたばかりの島に休みなく打ち寄せる波を照らす薔薇色の光、島の木々の、花々の、ヤマモモの茂みの、貝殻のフレッシュな息吹。ああ、女性のような海にかこまれた大地の、いまふたたびの官能的な香り。鳥たちが岸辺から飛びたって、旋回し、ばらばらなマストのようなヤシの木の上、光り輝く空に飛んでいく。ウミネコがミャオミャオと鳴き、とつぜんの嵐のような黒い鳥の群れがすみれ色の海面の上でキーキー鳴く。ああ、生きたこの大地、銀色の海に君臨するこの小島、三番街と三十一丁目のこの角。見捨てられたこの建物。幸福で不幸なこのレサーは書かなければならない。

○

この寒い朝、セントラルヒーティングの錆びついたラジエータは陽気なお客のようにがたがた騒ぐわりには弱々しい暖気しか放出せず、昨日の雪は七インチ（約18センチ）の高さに固まって白い通りの上にのっかり、そのあいだをこの土地ならではの煤が黒く流れでていた、真面目な男であるハリー・レサーは時計を腕にしばりつけ——背中にも時間は張りついて息づいている——六階分の汚れきった階段を駆けおりていったが、ここはほとんど見捨てられた——一九〇〇年に建った——色あせたバカでかいレンガ造りのテネメントで、レサーはここに住みついて書いていた。三十五の家族が、取り壊しの通知が郵送されてくると、九ヶ月のうちに立ち退いていったが、レサーはそうせず、しがみついていた。信号を無視して三番街をわたり、どろどろになった雪のなかで、シンクの下にゴム長靴を置いていたことを切々と思いだしながら、スニーカーをビショビショにさせて食料品店にとびこみ、パンと牛乳とリンゴ半ダースを買いもとめた。急ぎ足で家にむかって引き返すときは、まわりを、右と左をチラチラながめ、さらには振り返って、家主かその手下がだれかの家の濡れた戸口でウロウロしていないか、雪をかぶった車の陰に隠れて待ち伏せしていないか、見た。無用な心配だ、というのも、連中にできることといったら、もう一回説得にかかることしかなくて、その点についてはレサーは説得不可能なのだから。レヴェンシュピールはかれに出ていってもらい、新しいのを建てたがっているが、しかし、レサーはレヴェンシュピールのきんたまをしっかりにぎっていた。その建物は家賃統制がかかっていて、この地区の賃貸住宅管理局――レサーとは馴染み――から、自分は法によって守られたテナントであっていろいろ便利な権利を有している、と聞いているのだ。ほかの住民は家主から謝金をうけとったが、レサーはとどまり、しばらくはここにいて、ここで書きはじめた本を仕上げるつもりだった。変な思い入れではなくて、ここでの生活に慣れていた。時間は無駄にしたくない。レヴェンシュピールの冷たいきんたまから手を離し、雪のなか、家に急いだ。家にはおれの本がいる。

○

崩れかけている茶色に塗られたテネメント、昔はまともな住居だったがいまはレサーの歓楽宮になっている建物の前で、気合いを入れた――倒れていたたったひとつのへこんだゴミバケツを起こした。入っているのはほとんどがかれの出したゴミで、破棄された無数の喚く言葉たち、腐りはじめたリンゴの芯、コーヒー粉のカス、割れた卵の殻で、いわば文学のゴミバケツだ。言語のゴミよ、ゴミの言語になれ。週に二度、頼まなくてもそれが空っぽになると、ホッとした。家の前の通りには積もった雪のなかに歩行者用の通路ができていた。もう何ヶ月も管理人はいなかった、幽霊のように消えていた。暖房は自動運転で、最上階のたったひとりの住人がいるがらんとしたところ、そこにいるロビンソン・クルーソーのためにこの三ヶ月半、動いていたが、サーモスタットは地下室の心臓部にあり、レヴェンシュピールが取り付けていた。もしもそれが息切れしたときは、じっさいよく息切れするのだが――ボイラーは生誕五十周年だ――賃貸住宅整備課に電話する、と相手はうっとうしそうにぶつぶつ言う。そして数時間後――少なくとも――暖気はいやいやそうにもどってくるのだったが、それは怪しげなインチキの修繕業をやっている向かいの建物のあばた面の雑役夫のおかげで、その男はいつもあたりをうろちょろしていた。電話で頼んだのはレヴェンシュピール。暖かいが適度に寒い。吐く息は見えた。レサーは書斎にはヒーターを置き、真冬でも指がするする動くようにしていた、うるさいし電気代もかかったが、悪くはなかった。事態はひどくなりうるし、ひどくなっていたが、しかし、自分はまだ作家であり、書いている。書き直している。それこそ自分の得意とするところで、直すべきところはたくさんあるのだ――そう、生活のほうでも。左隣の建物はずいぶん前に消えて車の置き場と化し、ポップアートさながらに残骸が散らばり、レヴェンシュピールのレンガの壁には、びっしりと骸骨みたいな引っかき傷と狂暴な色彩が、以前の建物の味気なさを証明するかのように、象形文字のごとく張りついている。噂では、右隣の細長い建物は、一八八〇年代以来ののっぽの十階建てで(マーク・トウェインも住んでいた?)、鉄の手すりのついた玄関があり、地下には昔はイタリアン・レストランがあったが、つぎに手がつけられるのはそこだということだった。その先には、古い赤レンガの公立学校があり、それは一九〇三年のビンテージもので、正面の割られてしまった窓のはるか上にはくるくるとカールした数字の飾り文字があったが、それもまた消されるべく、マークされていた。ニューヨークに原爆は要らない。ちょっとでも留守にすると、取り壊される。

○

薄汚れた玄関ホールで、レサーは取り憑かれたように集合郵便ボックスの前で立ちどまった。ボックスの扉は壊れてぶらぶらしていたり、なにかで叩きつぶされていたり、引きちぎられていたりしている。食料品店の紙袋を床におくと、右目がピクピク、出版社から手紙が来ているのではないかという期待で震えたが、来ているわけはない、長いこと格闘している原稿を書きあげて送りつけるのがまず先なのだから。夢――「新しい小説を拝読しました。並々ならぬ作品に仕上がっていると思います。ぜひ出版させていただきたく存じます」しかし、賛辞は本にあたえられるものであって、持ちこたえていることにはあたえられないのだ。

レサーは持ちこたえてきた、三十六歳で、未婚、プロの作家だ。ずっと作家でいたいと思っている。二十四歳と二十七歳のときに一作目と二作目を出した、最初のは出来は良く、つぎのは出来が悪い。良いほうは批評家のうけはよかったが、もらっていたわずかな前払い金以上の収入はなかった、悪いほうは幸運にも映画化権が売れ、おかげでささやかながら仕事をつづけることができた――生活ができた。本を書きあげるのに集中できるのなら、出来はまあまあでもいい。しかし、心の奥に秘めた欲望は、三作目はおれのベストにするのだということ。最先端の人物と思われたい、一作目は良かったがあれですべてを出しきったやつというふうにじゃなく。

郵便ボックスの狭い口から飛びでていた封筒を両手の小指で引っぱりだした。レサーが取らなければ、通りがかりのだれかが興味半分に持っていっただろう。見慣れた筆跡だったから、差出人も中身もわかる。アーヴィング・レヴェンシュピール、経営学士、ニューヨーク市立大学シティカレッジ、一九四一年度卒、外見も中身もさえない男。薄い紙に哀願の文章がひとつあった——「レサー、すこし現実を考えて、お願いだから、慈悲を」作家は苦笑いして手紙を破った。かれがとっといている手紙は、これまでの人生にあらわれた奇特な女性たち、春に咲き夏には散った花々からのものと、それから、エージェントからのもので、こちらは白髪の紳士で、いまはほとんど音信不通になっていた。書こうにもなにか書いてくることがあるか？　九年半、ひとつの本にかかりきりなんて、忘れられて当然だ。一度、なんだかユーモラスな問い合わせがあり、こう書いてあった、「そこにいるの？」三年前だ。

そこがどこかはわからないが、ここでおれは書いている。

○

牛乳とパンと果物をもって、階段を六階分、冷たいリンゴをかじりながら駆けあがった。定員四名の小型の緑のエレベーターはしばらく前から動かない。賃貸住宅管理局では、レサーが立ち退くまでは家主は基本的なサービスをつづけなければならず、それをしなければ、賃料の値下げを指導することになる、と言っていたが、ずっと居座っていることでレヴェンシュピールを締めあげ、建物の取り壊しをさせないようにしているのだから、レサーは慈悲心から苦情は言わなかった。そのくらいの慈悲はある。ともかく、階段をのぼるのは、ほとんど体を動かさない者には、いい運動だった。スリムな体が維持できる。

階段はいろんなにおいがした、埃、汚物、小便、反吐、空虚。薄暗い階段を六階分駆けぬけながら、電球があれば電気をつけたが、切れたか切れそうな電球を替えるのはレサーであり、それらはつぎつぎと切れていった。自分の部屋のあるフロアに着くと、息があがっていた、ギイギイいう防火ドアを押し開けると、ほの暗い、灰色の壁にはさまれた、漆喰塗りの――ところどころ下地がのぞいている――いかにも昔風の広い廊下。フロアには、廊下の両側に三つずつ、六つの部屋があり、廊下に入ってすぐ左手のレサーの住まいのほかは、無人。楽しい感謝祭の後の七面鳥の残骸みたいに、ドアのノブやロックまでがほとんどのドアから引っこ抜かれていたが、それは招ばれてもいないお客たち――浮浪者たち、小便でズボンを濡らしているアル中たち、生気のないジャンキーたち――の仕業で、そのよそ者たちは寒さと雪を逃れて入ってきて、このはるばる高いところまでのぼってきたのだった、六階は五階よりも上だからと。貧者のエヴェレスト。欠陥者なりの大志。自我に目覚めたホームレスの動物園。目指すのは？　栄光ではなく、ベッドらしからぬベッドですごすわずかではかない数時間。朝にはろくに安らげない夜の御礼として窓を一、二枚叩き割り――その後は割れたガラスをだれかが板でふさぐまで風や雨がその借り手のいない部屋に迷いこむ――手当たり次第にかっぱらう、照明器具、散らばった釘、鏡、蝶番が外れたかひとつだけ外れてぶらぶらしているクローゼットのドア。そしてトイレにではなく、どこにでもオシッコをしクソをする。便器だっていくつか消えているし、それがとられてなければ便座がない。いったい、なににする？——帽子？　たきぎ？　ポップアートの素材？——そうやって人間の条件を嘲笑う？　そして朝になると転がり出て路上に逃亡する。かぎまわる探偵のようにのぼってくる、あるいは、非協力的なテナントの作家に懇願しにやってくるレヴェンシュピールにたまたま見つかって、不法侵入で逮捕だとはげしく脅されないうちに。そして消える、悪臭が残る。

屋上はかつては魅力的な小さい庭になっていて、作家は一日の仕事のあとにそこにすわるのが好きで、いつかは気持ちよく一息つきたいものだと願いながら、汚れた空を見つめていた——あらわれる雲にW・ワーズワース*を思った。ときおり青い空がすこし、どこかから流れてきた。その庭も消え、すべてが消えて、散らばり、さらわれ、盗まれた——鉢植えの花々、プランターに植わっていたパンジーやゼラニウム、籐椅子、さらには、ひとりの温厚なテナントが田舎の高原の安らぎを味わうべく同好の士のために想像力も豊かに立てた白い六インチ（15センチ）の高さの杭柵すらも。ドイツ生まれの紳士、カールスルーエ出身のミスター・ホルツハイマーは、わりあい最近に求めに応じて立ち退いていったひとりで、その六部屋ある住まいは三部屋のレサーのとなりだったが、いまはすっかり荒らされて、寝室の壁は穢されつくし、落書きでメチャクチャにされ、ひっかけられたビールやワインやニスの得体の知れない染みだらけで、クレヨンで漫画にさ

* 有名な「水仙」が「わたしは雲のようにひとりさまよった。」ではじまる。

れたA・ヒトラーは二種の性器をもったふたなりだった。もうひとつの寝室はジャングルだった——巨大な謎の樹木が何本も、太くとぐろを巻いた根元から白い幹をにょっきり突きだして四方の壁に押し寄せ、三つ目の寝室にまで伸びていた、繁茂したシダの下生え、カミソリのようにとがった草、もしゃもしゃの大アザミ、のこぎりの歯のような葉が腐りかけているノコギリヤシ、乾いた太い蔓がぐるぐるからまっている巨大なサボテンは膿をだしている。目が眩みそうなラン科の花々——暗い紫、赤、黄金——は困惑顔の山羊を生きたまま食べている、まるで勃起したペニスを握ったゴリラみたいに。それを興味深げにながめる二匹の蛇。救いがたく完璧なジャングル。かれ、ヘル・ホルツハイマーはじつに穏やかで清潔好きで几帳面な男性だった。ぜひもどってきて、ろくでなしどもに取り憑いてほしい、気持ちも新たに、不吉な不潔さをとっぱらって清潔にしてほしい。レサーは自分のフロアから夜行性の生き物を駆除すべく——どんな面をかぶった輩が下でうごめいているかわからない——夜はハイファイを大音響で鳴らした、夕方から出かけるときは明かりという明かりを煌々とつけたままにした。そんなことを考えていると、この建物の強烈な空虚が怖くなった、かつて暮らしていたいくつもの家族は姿を消し、よそ者たちが、住むのではなく住まないつもりで、やってくる、古い家のかなしい運命が。

○

荒涼感に——過去のなにかが失われた——過去?——押しつぶされそうになりながら、特許取得の二つのロックと重い円形の差し錠をつかむ強力なスナップロックに頑丈に守られた自分の住まいに入った。なかの、安全で健全な三つの部屋に入るや、外界がシャットアウトされてリラックスできるのをかんじた。ここでなら、仕事をするために忘れなければならないことが忘れられた。リビングの壁のパイン材の本棚は数年前に苦労して組み立ててニスを塗ったもので、本がぎゅう詰めになっている。すでに出した二冊の小説の原稿と終わりが近づいている進行中の作品は、クローゼットのなかの大きな段ボール箱に入っている。ハイファイ、本棚の下に積み重ねたり立てかけたりしているレコード、クローゼットやタンスの引き出しや薬箱あたりに入れたその他の必需品。ベッドルームでもあり書斎でもある部屋は大きく、散らかっていなかった。ソファベッド、小さめのドレッサー、窓辺においた木の肘掛け椅子、フロアランプ、背もたれがまっすぐの椅子に小ぶりのデスク――これらすべてが現在稼働中の人生を証明するものであり、秩序だった。自分が人生のどれだけを無駄にしているか、考えようとはしなかった。それは外のことであり、かれはなかにいた。

レサーは、小さなキッチンの冷蔵庫に牛乳瓶をいれると、朝食をすこしばかり取ろうかなとじっくり考えたが、考えているうちに吐き気がしてきた。もともと朝食はコーヒー一杯程度で、パンやフルーツを食べるのはずっとあとになってからだ。文章をどのように進められるか、それを考える時間をなにより自分にあたえたかった。抑えがたいのは――まだ仕事にかかっていないと考えるだけで体に震えがくる――デスクに、錨を下ろしたところに、ジャイロスコープに、魔の山にただちに駆けつけたいという思いだった。それはそこにでんとあるが、しかし動くのだから。小さな部屋での大航海なのだから。完成まで長い時間がかかる本だった。紙一ページに言葉が埋まると、コーヒーを飲んだ気分になれた。言語は食べられないが、喉の渇きはいやす。

三面が窓の書斎に入り、外は見ないようにして、壊れかけているブラインドを上げ、デスクに腰を据えた。一番上の引き出しから原稿をとりだした。つかのま、敗北感におそわれ、文章を書くことに人生を捧げたのを悔やんだが、まもなく、昨日に書いた一ページ半を読み、しっかりとうまく進んでいるのがわかると、自分の想像力にドッと愛着が湧いた。この本はおれを救い出す。あと二、三ヶ月あれば、きっと仕上がる。そしたらさっさと最後の書き直しを——第三・二五稿と呼ぼう——だいたい三ヶ月で済ませ、いや四ヶ月か、そしておしまいにして、小説は完成だ。十年ぶりの快挙。十年の重みはズシリと頭にのっかっていたが、砕かれることも潰されることもなかった——頭よ、お疲れさま。レサーはバスルームの鏡で顔をチェックしたい気持ちになった、疲れた灰色の目はしばしば真っ赤になった、実務的な唇は歳月とともに歪んで薄くなったように思えた、そして鼻は興味深げにずっと見守ってくれていた。しかし、その気持ちは抑えた。顔は顔だ、顔は、見るたびに、変わる。紙に書いた言葉が変える。かれはもはやこの本を書きはじめたときの二十七歳の若者ではなかったし、そうでありたいという欲望もなかった。過ぎ去った時間は稼ぎとった時間だ、本がひどい具合に生まれて作られていったのでなければ。無名のクズでなければ。そうであったら、死んだ時間になってしまうが。そんなふうにはなってほしくない。

レサーは、書いているときはときどき、轟音を響かせる機関車になり、車掌車なしで貨車をどっさり引っぱりながら、ガタゴトいう線路の上を突っ走り、なんとなくわかっているだけでよくはわからない田舎を抜けて進んでいった。まさに探検家レサー。西部開拓は神の意志だと北米大陸を横断したルイス&クラーク探検隊ならぬレサー&クラーク探検隊。あるいは、胸を引き裂くような霧笛を鳴らし、すばらしい発明品をもろもろくっつけて、ぶんぶん唸りながら水をはじきとばす外輪をつけたミシシッピ川の蒸気船か。船は、メタファーとして悪くない。短い帆柱の小さな帆船に乗り、帆に風をうけてガリラヤの海を進みながら、イエスの使徒たちのいる岸辺がどうなっているかをこっそりうかがっているレサー。ハドソン川を小舟で漕ぎ、川の名の由来となった探検家ヘンドリクに想いを馳せつつ、学者どもが丘にたむろして議論に浮かれている声に耳を澄ませているレサー。あるいは、やさしく流れるテムズ川で音楽にあわせて舟を漕いでいるレサー。心揺さぶるそのイギリスの川は大好きだった。さらには、広く渦巻く川のように、経験の島々のあいだを自由に流れていく芸術家というのもおおいに気に入った。緑の濃い鬱蒼たる森林の島もあれば、なにもない砂地に濡れた足跡がのこるばかりの島もあるが、その川は、そのような種々雑多な島々を抱きしめながら進み、上げ潮になると、生と死のぬかるんだ土手をこえて、島という島の上に広がっていくのだ。

「それゆえ、わがはらわたは竪琴のように嘆く」――イザヤ書。

脇の窓に目をやることもなく、作家は外の冬の日を、冷たく美しく光る水晶のような輝きを想像した。それがあると思うとうれしくなったが、そのなかにいたいとかその一部でありたいとか、そのヒリヒリするような輝きをほとんど機能しなくなった肺のなかに深く吸いこんでおのれの命にしたいといった欲望はなかった。そのような空気の入れ換えは自分のなかではるか昔にしないようにしていたのだった、さもなきゃ、けっして真剣に書いてはいなかっただろう。書いていると、そばのクローゼットを開けて原稿の積み重なっている箱をのぞきたい欲望で体がむずむずしてきた。レサーの帆柱も半分ほど勃起してきた——創造の力が頭をもたげはじめたのだ。しゃかしゃかと書いていくと快楽が高まってきて、言葉が豊かにページの上に流れ出てきた。朝の作業がうまくかたづいて、満ち足りた気分になってきていた。あとは午後にいま万年筆で書いたものをタイプで打つだけだ。ものを考えるのは右手でするといったのはだれだったか？ 仕事を終えたらベッドを整え、あったかいシャワーと冷たいシャワーを浴びる——熱いのは論外、そのあとは無骨な手にドリンクをもってレコードに耳傾ける。今夜は思いがけずパーティがあるかもしれない、うまくするとセックスもあるかもしれず、かなりうまくするとこの狂った世界で人間愛の片鱗も味わえるかもしれない。言葉をつかえるのは大事だが、言葉以上のものをつかえるのも大事なことだ。ドアのベルが鳴っているのはわかっていたが、レサーは書きつづけた。ベルはしつこく鳴った。

それは永遠に鳴る。

○

レヴェンシュピールが鳴らしている。

作家はデスクの前にすわったまま、二部屋先のドアに話しかける。掛け合いの歌詞と曲はすっかり承知だ、前に何度もいっしょに歌ってきた、おたがいに気をつかいながらの一方的な主張。双方とも相手への気配りは忘れない。レサーは、できるだけ早く立ち退いて家主がこの建物を取り壊せるようにしたい、と約束する。レヴェンシュピールは、胸板の厚い、腹の底から声を出してくる男だが、あなたには最高傑作を書いてほしい、と切々と語る。わたしは文学の作家は尊敬してますから。

ぬるぬる肌のサンショウウオが。身に沁みるようなことをへらへら言うな。

それから本題になる。家主は、クイーンズの親戚の葬式からもどってきたところで、ちょっと挨拶していこうと思って寄った、と言う。レサー、お願いだから、慈悲を。引き払ってくれよ、この腐りかけた家を取り壊したいんだ、もう背中の瘤みたいになって重たくてしかたない。

レサーは、本を仕上げるまでは出ていけない、と反駁する。いま出ていったら、いまのこころの状態だと、中断を克服して仕事にもどるのに六ヶ月はかかるし、作品の感触を忘れたのではという恐怖に襲われるのはまちがいない。あんたにはわからないんだ、いったん離れたらどう変わってしまうのかが。自分の気持ちにほんのわずかでも変化がおきたらどうなるか、それが怖い。あんたは自分がなにを言っているのか、わかってないんだよ、レヴェンシュピール。

どこか近所にすてきな部屋を見つけてあげるよ、こんな悪臭ただようところなんかよりはるかに快適なところを。それに、一週間か二週間書くのをやめたからって、世界が終わるわけじゃない。病気にでもなってしばらく入院する羽目になることを考えてもみなさい。おたく、死んだ魚みたいにぐったりしてるし、レサー。すこしは動かなくっちゃ、さもしい暮らしにもっと変化をつけなきゃ。こんなむさくるしい部屋に毎日こもってられるのがわたしには理解できない。よく考えて、理性に耳傾けなさいよ、おたくのためなんだから。

耳傾けてる。一所懸命にやってるよ、レヴェンシュピール。わたしのほうがあんたより犠牲をはらってる。あんたが辛抱してくれれば、まもなく終わる。前の本は、理由は言いたくないが、大失敗だった。挽回しなきゃいけないんだよ、文句なしの第一級の作品で。それをこの目でしっかり見届けたい。ほとんど完成はしてる、しかし、最後のところが、はっきり言って、なんだかすんなり行ってくれない。じっさい、それでもう頭がフラフラしてる。うまくかたづけられたら——真実を裏表なく語ればいいだけなんだが、そしたら本はおれの胸から、あんたの背中から離れる。呼吸も楽になる、そしたらつぎの日にも出ていくさ。約束する。だから、もう帰ってくれよ、頼むよ、おれの書く時間を食いつぶすな。

家主の声はしだいにやさしくなるが、大きな拳はリズミカルに鍵のかかったドアを叩きつづける。

慈悲（ハブ・ラフモネス）を、レサー、わたしにだってやりとげたいことはあるんだ。おたくよりも十五かそこいら年は上だが、いまのわたしは生まれたときとおんなじで裸同然なんだ。すこし土地を持ってるからいいだろうなんて思わんでくれ。知ってるだろうが、病気の妻もいるし、腹の大きい娘もいる、まだ十六の。それだけじゃない、毎週一回は午後、クイーンズのジャクソンハイツにいる頭のいかれた母親に律儀に会いに行ってる。いっしょにいるあいだ、母親はずっと窓を見てるだけさ。だれと会っているのかはわからんが、わたしではないだろうな。昔は九十ポンド（約40キロ）のやせた女だったが、いまは二百二十ポンド（約100キロ）もあって、どんどん太ってる。いっしょにいるあいだ、わたしはずっと泣いてる。二時間、言葉もかわさず、そばにいて、そして引きあげる。わたしの父親は愚痴ばかりこぼしてる移民の癇癪持ちで、なにごともきちんとできず、もちろん生活費もろくに稼いでなかった。わたしの青春はあいつに踏みつけにされた、まったく、あのロクデナシ、死んでくれてありがたかったよ。それに、みんなが――みんなだぞ――わたしに金をせびってくる。だから、このチャンスは逃したくないんだよ、限られた資本で――メットライフ生命からのローンさ――現代的な六階建てのアパートを建てたいんだよ、一階にきれいな店がいくつかならび、上の五階に広めのフラットが入る、そうやってこのご時世でもしもまだ可能なら、わたしも楽な生活をしたいんだ。ほかのテナントはみんな四百ドルで和解して出ていった。おたくにはキャッシュで千ドルやろうっていうのに、わたしがまるで性病持ちみたいな目で見る。それだけじゃない、賃貸住宅管理局に苦情を申し立てて、なんだかんだと役所の面倒事にしばりつけた――審査官の調査とか再審理とか上訴請求とか、うちのろくでもない弁護士だとそれをぜんぶかたづけるのにさらに一年半はかかっちまう。おたくの家賃の七十二ドル以外、そんなの、おたくのためにつかっている石油代の半分にもならんが、ここからの収入はぜんぜんないんだよ。だから、レサー、ほんとうに男なら、まともな人間なら、わたしの簡単な要求がどうして断れる？

ハーレムに持ってるテネメントはどうなんだ？

どこからそんなことを聞きつけてきたのかわからんが、まあ、おたくは作家だからな。あの建物はびっこの伯父から相続したものだよ、伯父は墓のなかだ、永遠に静かに休ませてやってくれよ。あそこなんか、おたくもご承知の理由で、いまは悩みの種の物件さ。人種的なことを言ってるんじゃない。現在の状況では、すっかり金食い虫になってしまってるってこと。こういう状態がつづくんなら、いずれは手放すしかない。まったく昨今の事情にはうんざりだ。家賃統制なんか、おたくは真実を聞いても怖くもなんともないんだろうけど、非常識もはなはだしい。純真な家主はもう散々だよ。だって、あれって、法的に認められている財産をこっちから取りあげていくものなんだからな、憲法違反だ。

あんたは楽な策を持ってるじゃないか、レヴェンシュピール。新築しようってだけじゃなくて、取り壊そうとしてるいまのより部屋数を二十パーセント多くしようって計画だろ。それに、規約によれば、あんたはいつでもすぐにおれを路上に叩き出せるんだし。

長いため息につづいて深呼吸。

そんな余裕はないよ、レサー。そうするにはまるまるワンフロア、いや、ツーフロアが必要だから。昨今の建築費がどのくらいか、おたくはぜんぜんわかってない、おたくが考えてる二倍はかかる、この建物を維持してるだけでもおたくが考えてる三倍はかかってるんだよ。たしかに、おたくが言うようなことを考えたこともある、けど、ノヴィコフが、高層化が得意のパートナーだったが、死んじゃった、そのとき、べつなパートナーを、というか、もっと金を借りようかとも思ったが、やめて、自分の夢にしたがって建てようと決めた。自分がどんなのが好きか、わたしはわかってるから。わたしの性に合った、気持ちのいいものでなくちゃだめなんだよ。小さいタイプの家が好きなんだ。それに、テナントを二十パーセント増やすよりは、五、六人の商店主と交渉したいね。賃料目当てでひとを追いかけるのは、性に合わないんで。おたくが思ってくださってる以上に、わたしは繊細なんだよ、レサー。おたくだってほんとうはそんなに高慢じゃないんだし、わかるだろ、信じてくれよ。

レサーはしばし考える。力になれることをすこしやってもいいかなと思ってる。週一で廊下と階段を掃除するよ。だから箒を置いてってくれ。日曜日は書かないんで。

なんで書かないんだ？　本を早くかたづけたいのなら、一日だって無駄にしたくないだろうが？

昔からの癖で、気分が乗らない。

こんなクソみたいな廊下なんかどうでもいいんだよ、わたしの望みはこのろくでもない建物を取り壊すことだから。

作家はおのれの存在の奥底から語りかける——

「最後の最後のところが残ってるんだ、レヴェンシュピール。一年のほとんど、そこにかかりっきりなんだが、まだキマらない。なにか肝心なものが抜けてて、それを見つけるのに時間がかかってる。でも、だんだん絞られてきた——血がそれをかんじてる。まだ謎につつまれてるが、それが見えるところに着々と進んできてる。つまり、なんであれ、おれを悩ませてきたものが意識の縁(へり)にあらわれてきたんだ。おれのと、本の縁にね。フォームってやつはときどきとんでもなくたくさんの可能性を提示してくるんで、作品が求めてるのがどれなのか決めるのにすこし時間がかかるんだよ。この小説をしかるべく正しく書かないと——万が一ごり押ししたりインチキしたりすると、九年半の苦労は台無しになるし、おれも用無しになってしまう。そんな愚を犯そうものなら、今後自分になにもまともなことが期待できなくなる。鏡をのぞけば、そこに見えるのは尻がデコボコの奇形の虫になってしまう。で、その後の未来はどうなる？　映画化権でもらったカネもなくなってるし――べつな本で取り返せるとしても、それを書き終えるのはたぶん四十六歳のときで、もう飢え死に寸前だろう」

「たかがつくりものの小説だろ、レサー、こっちは、ずっと説明してる通り、ひどく悩んで悲惨な目に遭ってるんだ」

「ただの小説じゃないんだよ、いま話してるのは。ちょっとした傑作になる可能性をもった作品なんだ。芸術家としてのおれの思想のエキスと、人生から日々教わっていることのもろもろが盛りこまれてる。読めば、レヴェンシュピール、あんただっておれが好きになるよ。人生を理解し耐えていく手助けになるはずだ、自分も書きながら救われてきたんだから」

「おいおい、おたくが書いてるのは聖書か？」

「どうかな。だれにもわからない。しかし、あんたがそうやってギャーギャー騒いでるうちはまだそうじゃない。あんたの声でこっちの精神はすっかり掻き乱されて、ろくに考えることもできなくなってるんだから。ペンも止まったままで動かない。どっかに行ってくれよ、静かに仕事をさせてくれ」

「芸術なんかクソだな、この世で大事なのはこころだぞ。まあ、見てろ、そのうちおたくも身に沁みるだろう。よく覚えとけ」

強烈なゲンコツの音が廊下に鳴りひびく。

レサーは書くのをやめ、トイレに行って本を読んだ。雑音が立ち去ると、もう一度ペンの尻を叩いたが、二度インクを詰めても、なにも流れ出てこなかった。気持ちこそ動くものの、なにも出てこない。機関車は氷におおわれ、凍りついた線路の上で化石のマストドンのように立ちつくしていた。蒸気船は水が漏れはじめてゆっくりと沈み、しまいには、いろんな方向を見つめながら死んだナマズたちでいっぱいのミシシッピ川の濃いエメラルド色にすっかり取りかこまれた。

苦しくとも、自分の意志で書くのをやめたふりをするのがいちばんだ。一日の仕事は終わった、一休みしてリラックスするのだ。ある本はこう言っている、「叙事詩が二十年以下でかたづくとは思うな」――コールリッジ。レサーは目を閉じて原稿を最後のページまで読む。おのれの運命を検証する、生きるのは書くため、書くのは生きるため。

○

作家は真冬の屋上に立つ。マンハッタンを囲んで白い水が流れている。きっと雪が降っているのだ。イースト川でタグボートの汽笛が鳴る。レヴェンシュピールが、闇の奥（コンラッド作）ではないまでも不思議な少年（マーク・トウェイン作）よろしく、地下室に貯めていたカンナ屑の山に火をつける。めらめらと炎が燃えあがる。炉が、一度ならず二度、爆ぜ、幾世代もつづけてきた発火を祝福する。建物が揺れるが、レサーは、机の前にすわって順調に書きすすめながら、近所で建設工事をやっているのだと思い、泣きわめく炎と沸きたつ影が悪臭ただよう階段をぐいぐい昇ってくるあいだも、手を休めない。壁のなかでは火をかぶったゴキブリたちが跳びはね、ひっきりなしに騒ぐ。だれも「ノー」と言わないので、炎は否応なく上へ上へと押し寄せていき、いきなり烈しい轟音とともにレサーの住まいのドアをぶちあける。

小説　完

びしょぬれの犬が血走った目で、翌朝、六階までぴょんぴょん跳ねてきて、レサーの部屋のドアをひっかき、きゃんきゃん鳴いた。かなしげな声だったが、ヒーヒーウーウー唸るのもかまわず、レサーはその犬っころの首に巻かれたよれよれのロープの首輪をひっつかみ、いつものように、カチカチになってカビ臭くなったパンのかけらを見せながら、上手に階段へとみちびき、建物の外へだした。レヴェンシュピールもこんなに簡単にかたづいたらいいのに。

のろのろと階段をのぼっていくと、押し殺した泣き声がいくつも遠くから聞こえたような気がした――このあたりに斎場はあったっけ？　このての音が、正体不明のが、流れてくるのは、前にも耳にした。どこからとも、なんであるかとも言いがたい――街の騒音から剥がれて――掘り出されて？――聞き慣れない言語で歌っているような音。ある種の耳を持っているならともかく、そんなものには恵まれていない。レサーは、聞こえているものがなんであれ、そのたしかなほんとうの出所をもとめて、五階で立ちどまり、廊下で耳を澄まし、ノブのとれた部屋のドアに耳をくっつけて、手掛かりになる物音が内側からしないか、探った。バールを押しこまれて壁が悲鳴をあげているのではないか？　家主がぶち壊しをこっそりはじめたのか？　もちろん、そんなの、ありえない、法的に問題ないこのテナントに正式に告知されていないのだから――それに、五階を壊すにはまずは六階を撤去するのが先だろう、六階がしばらく宙に浮かぶのならともかく。しかし、恐怖だった。建物の行方も恐怖だが、もっとひどいのは、建物そのものが恐怖だった。目の前の部屋のなかは、レサーが耳を澄ますと、かなしげな風が吹きまくっている、まるで風神アイオロスの風が詰まった革袋。どうしてヒューヒューいう風が、人間でもないのに、人間的な音を発するのか？　レサーはドアを押して、耳をそばだてながら、なかに入った。まったくの深い沈黙。部屋から部屋をまわった、前はキッチンだったところは空っぽで、シンクは盗まれ、ひび割れた洗い桶が残っている、リビングの三方の壁では素っ裸の毛むくじゃらの男たちが輪を描いて戯れている。ふたつのベッドルームはベッドが消えて荒らされている。バスタブは小便のかすで汚れている。主要な音は、いっぱいに花開いた沈黙、完璧な深い沈黙。墓場の音楽。

その部屋にレサーがかんじたのはレヴェンシュピールが来た気配だった、いつもよりも強く、自分以外のだれかの存在をかんじた。べつだん新しいことではないが、今度はだれだ？　私立探偵がなにか訴訟理由をもとめて探しにやってきた？――追い立ての根拠など無数にあるだろうから。正体不明の訪問者がなんのプランも目的もなく、でかい刃物を隠して、建物を上から下へとうろついた？　せっかく帰ってきた家で、殺されたくなんかない。殺されたら、そこは家ではない。この世は、知りもしない人間につきまとう姿の見えないストーカーでいっぱいだ。知らないホームレスも前よりぐんと増えた。神は、人類の夜明け以来、人間たちに声をかけつづけるべきだったのだ。ヤコブよ、イシュマエルに会え、とか。「わたしはブラザーのブラザーではない*」

だれだ、そう言うのは？　書斎にもどると、急いで書いた、まるで世界の最後が時間の穴のなかに落ちるのが聞こえたから、そうなる前に最後の言葉を書いておきたいと願うかのように。

○

ある日の早朝、パンと牛乳の入った紙袋をもって三重ロックのドアを開けて入ろうとすると、たしかにまちがいなく、タイプライターの音が廊下に面したどこかの部屋から聞こえ、つかのまレサーは、食料品を買いに出かけているあいだもおれは自分にせっせと仕事をさせていたのか、と妄想した。振り返り、薄明かりの廊下をながめた。

空っぽの廊下は空っぽだ。

緊張して耳を澄ました、なにも聞こえないことを願ったが、タイプライターの鈍いカチカチという音ははっきりと聞こえた。馴染みのある音なのに、生まれて初めて聞く音のように思えた、対抗心が混じっていないこともない胸騒ぎがした。自分は一冊の本に長すぎるくらいかかりっきりになっている——なのに、もう一冊書こうとしているだれかがここにいる。もぬけの殻になっていた体が熱くなるのを感じ、首根っこもチクチク痛くなってきたが、思い直した。たかがタイプする音だ、たかがタイプライターだ、それに、動いているってことは少なくともまだ凶器では

＊　弟のアベルを殺したカインに神が「お前の弟のアベルはどこにいるのか」と声をかけると、カインは「知りません、わたしは弟の番人でしょうか」と答えた（聖書の「創世記」）。それを踏まえている。

ないってことだ。しかし、不穏なさらなる思いが襲いかかってきた。だれなんだ、タイプを打っているのは？

部屋に入って食料品をしまいこむと、また廊下に出て耳を澄ました。忍び足で、ドアの閉まった部屋の前を、つづいてドアのなくなった部屋の前を歩いた。その薄暗いがらんとした部屋に頭をつっこんだ。ぜんぜんなにも聞こえない。廊下の反対側にまわり、ひとつひとつのドアの前に長めに立ちどまりながら端っこまで進んだ、絶え間ないカチカチがどこから来るのか、しっかり注意を払いつつ。そしてふたたび反対側にまわったときだ、ついに自分の部屋の隣だとわかった、ホルツハイマーの部屋だった、さんざ歩き回った末にすぐ近くだったことにおどろいた。

ホルツハイマーがいてくれたらこの無人の館で親交も深められたかも、と思いはした、しかし、もちろん、あの老人はもういない、それにかれはタイプは打てない。ドアがすこし開いていた。レサーは頭を傾けて耳を澄ました。カチ、カチ、カチカチ、カチ。レヴェンシュピールがスパイのオフィスを構えたのか？　ＣＩＡの出張所がハリー・レサーが国家転覆を謀る小説の執筆にとりかかっているということでマークしはじめたのか？　かれがタイプで紙に打ちこむ文字のひとつひとつがこっそり盗み取られてワシントンＤＣの司法省の司法長官の執務室のスクリーンに映し出されているのか？　不安に結着をつけるべく、開いているドアを思いきり押すと、それはギーという音をたてて勢いよく開いた。逃げる態勢はできていたが、だれも姿を見せないので、なかに入るしかなかった。

ホルツハイマーのキッチンだったところで、寒々とした窓に向かいあって、黒人がひとり、木のキッチンテーブルの前にすわってタイプを打っていた。部屋は身を切るほどに冷えきり、ラジエータとスチームパイプは撤去されてパイプの口は水が噴き出さないように封印されていたが、男はクロス・ストラップのオーバーオール、その下にグリーンの手編みのセーターという恰好で、肘のところが擦りきれてワイシャツがのぞいている。最初は大柄に見えたが、よくよく見ると、大きいのはタイプライターで、男は、肩幅が広くて腕が太くてがっしりした体つきではあるものの、背丈はふつう。傾けた頭の前にあるのが古いL・C・スミスで、第一次大戦前のビンテージもの、まるでミニチュアの要塞だった。

男は前傾姿勢で集中していて、レサーに気づくこともなく、エネルギッシュに二本の太い指でタイプを打っていた。ハリーは、仕事にもどりたくてしかたなかったが、じっと待った、少なくとも二つの感情がせめぎあっていた、侵入されたことへのとまどいと、黒人の侵入者への怒りと。ここでなにをしてるのかこいつはわかってるのか？　なぜここにいる？――どこから来た？――どうすれば追い出せる？　そんなことをしてる暇がおれにはあるのか？　レヴェンシュピールに電話することも考えたが、こういうことについてはとっくに手を打っているだろう。レサーは相手が自分に気がついてくれるのを待った――自分のほうから書いている人間の邪魔をする気はなかった――いろいろ基本的な事実も知りたかったからさらに待った。この黒人はだれかが後ろに立っているのは知っているはずだ、なにしろ開いたドアからは風が入ってきているし、レサーは一度くしゃみもしたのだから。しかし、男は振り返ろうともしなかった。真剣に集中してタイプを打っていた、言葉のひとつひとつがゆっくりと思考され、太いがっちりした関節の指のピストン的なジャブで紙に叩きだされていた。部屋は男のつくりだす音で震えていた。これがまるまる五分つづき、レサーはやきもきした。タイプを打っていた男が振り向いた、ヤギひげを生やしていて、皮膚は濃い黒で、作家を見つめてくる大きな潤んだ目には超然としたものがしっかりとあり、そのピュアさは脅威だった。一瞬、レサーは自分の目に恐怖がうっすら浮かぶのをかんじた。男の頭は大きく、唇はそこそこ厚く官能的で、鼻翼は広がっている。両の目は集中で腫れぼったい。しかし、若々しく、見た目は悪くなかった。自分は見た目の悪い人間ではないと言い聞かせてきたのが奏功しているかんじだった。寒いのに、汗をかいているふうだった。

「あんたネ」男は不満そうだった、「おれ、本、書いてる最中なんだけど、わかんない？」

ハリーは、わかる、とあやまった。「わたしも作家だ」

その言葉は、しかし、稲妻も雷鳴も、ほんのわずかな賛嘆の声も誘発しなかった。黒人は、まるで聞こえていなかったかのように、レサーを見た、作家は、すこし耳が遠いのでは、と思ったが、やがて反応があった。ホッと息をついたのだ——話している相手が家主でないとわかったからか？　さっきのははったりだったのか？　笑顔が浮かんでもよさそうだったが、あらわれなかった。

テーブルの上、黒人作家の左側に、よれよれになった、どちらかというと染みだらけの原稿の束が積みあがっていて、そこから不快なにおいがただよってくるようにレサーには思えた。よく見ると、男はオレンジ色の作業靴を脱いで、厚手の白いウールのテニスソックスという姿で書いている。いまも足の指をくねくねさせている。強烈なにおいが原稿から来るのか、床につけた足から来るのか、判別しがたい。自分からかも、とレサーは思った、恐怖のにおいなのかも。ともかく悪臭だ。

それからポイントをはっきりさせるために、なにしろそれがポイントなのだから――黒人に話しかけて告知するのをじっと待っていたのもそのためだから――レサーは言った、「この建物に住んでいるのはわたしひとり、このフロアのわたしだけだ。本の完成を目指してる」

侵入者は、その報告に応えるかのように、感慨深げに目玉をぐるりとまわした。

「ベイビー、それはハードで孤独な生活だな」低い、よくひびく、だみ声だった。そしてきっぱりと決意表明をするかのように言い放った、「おれはここで仕事をつづけるつもりだ、これからも毎日、状況次第でずっと」

「レヴェンシュピールが入れてくれたってことか?」レサーはキレそうになった。目の前の男の存在が深刻な脅威に見えた。家主のいやがらせ作戦の最新版か。

「だれ、そいつ?」

「この建物のオーナー、気の毒なやつだ。会ってないのか――あいつに言われてここで仕事してるわけじゃないのか?」

黒人はあっさり否定した。「ユダヤ人の家主になんて興味ない。場所をハントしててここにぶつかり、すぐに入った、それだけだ。このテーブルは地下室で、この椅子はすぐ下の階の部屋で見つけた、光の具合がここのほうがいいんで上に移した。執筆できるプライベートな場所をずっと探してた」

「どんなのを書いてるのか、訊いちゃまずいかな？」

「立ち入った質問だな、おれがなにを書いていようが勝手だろう」

「もちろん。ただ、興味があってね。フィクション、それともほかのなにか？」

「フィクションかもしれないが、でも、かといって、ほんもののフィクションではない」

「ほんものでないなんてだれにも言えないよ」

黒人は、自分のオンナはオフブロードウェイの女優だ、と言った。「午前中、あいつが仕事に出ていかないと、リハーサルがないときはいつもそうなんだが、部屋がふたりだと窮屈でサ、あいつにうろちょろされると、こっちの脳が乱れてきてネ、仕事に集中できない。いっしょにいてくれるのはありがたいサ、とくにこっちのチンポがカッカしてるときなんかは。でも、書かなきゃならないものがあるときはサ」

レサーはうなずいた。よく聞く話だ。

そして、その見知らぬ男に、レヴェンシュピールが建物を壊すために自分を叩き出そうとしているのだ、と話した。

「だけど、家賃統制がかかってるから、しばらくは手が出せないんだ。ハリー・レサーだ、よろしく」

「ウィリー・スピアミントだ」

握手はなかった、ハリーはしたかったのだが。じっさい、白いごつい手を伸ばしていた、それがそのままになった——差し出されたかっこうで。当惑しつつも、コメディを演じたい誘惑にかられた。チャーリー・チャップリンが、蛾に食いつかれたような口ひげで、自分の繊細な手のひらをながめて、これは手なのか、挨拶がわりに差し出した魚ではないのか、と検分しながら、手に向かって、引っ込め、と言い切れずにいる、そんなシーン。しかし、結局、レサーは引っ込めた。だれをも批判する気持ちも意図もなかった。ひとは握手しなくてはいけないなんてだれが言った？　そんなことは憲法修正第十四条*にも書かれていない。思わず釈明したくなった、子どもの頃に数年住んでいたシカゴのサウスサイドではすぐそばに黒人がどんどん増えはじめていた地域があった、友だちもひとりいた、と。しかし、結局、言わなかった。言ってどうなる？

レサーはウィリー・スピアミントの邪魔をしたのが恥ずかしかった。ひとがタイプを打っているときは——文明人の行動だ——自由にタイプさせることだ。ちょっかいをだしてはいけない。

「すまなかった、邪魔をして。わたしも自分の仕事にもどったほうがよさそうだ——三作目の小説に」

ウィリーの反応は、上の空でコクンとうなずいただけ。

「おどろいたんだ、こんなところでだれかがタイプを打っているのを見つけるなんて。無人島にひとりきりだという気持ちにだんだん慣れてきたところだったから」

言わないつもりだったが——時間は貴重なのだし、仕事にとりかかるのに遅れてもいたので口

＊　１８６８年に批准された米国憲法の修正条項。平等な市民権を規定、これにより元黒人奴隷が市民の権利を獲得した。

は閉ざしていたのだが——気がつくと言っていた、「ほんと、申し訳なかった、わたしだって邪魔されるのは嫌なのに。でも、どうしてもって時はドアをノックしてくれていいよ、なにか必要になることもあるだろうし——消しゴムとか鉛筆とかなんでも。部屋はおたくの左だ、だいたい午後の遅い時間は一日分の仕事が終わってフリーだから。遅ければ遅いほどいい」

ウィリー・スピアミントは明らかにひたむきな男で、グリーンの袖の腕を空中高く伸ばして、レサーがうらやましくなるほど気楽そうに満足げに太い指をくねくねさせると、大きな黒いマシンにおおいかぶさり、言葉に集中して、さっきまでと同様にカチ、カチカチとつづけた。レサーがまだそこにいることもわかっていないかのように。

○

ハリーは書斎にもどると、最上階にひとりでいることをいろんな点でどんなに気に入っていたか、考えた。自分は孤独な男（ロンリー・ガイ）だと思うからこの仕事に向いているし、だからこの環境がいいのだ、と。暗い階段を六階分も、ひょっとしてだれかに会うんじゃないか、人間か獣かなにかがいるんじゃないか、と気にしながら上がってくるのは嫌かもしれない——しかし、そのことをのぞけば、このでっかいからっぽの家を楽しんでいる。想像力が跳びまわれるたくさんの空間がある。仕事には最適の場所だ、どうせレヴェンシュピールはどこかでせっせと家賃を集めているか、いろいろ忙しくしてるんだから。要するに、自分はウィリー・スピアミントがいなくてもやってこれた。

○

正午をすぎてまもなく——近くでサイレンが数秒間鳴って、忘れているかもしれない面々に、世界が危険な状況になっていることを思いださせたとき——ウィリーがレサーのドアを靴の踵で蹴っ飛ばした。両手に、見るからに重そうな、巨大なタイプライターを抱えていた。レサーは、一瞬おどろき、なぜやってきたのか見当もつかず、その姿にドキリとした。ウィリーはブルーと紫のだぶだぶの大袋のようなウールのアフリカのチュニックをオーバーオールの上に着ていた。髪の毛は、レサーが考えていたようなアフロスタイルではなく、いかにも無理矢理にまっすぐに梳かして左側に分け目をつくり、後ろで床板が跳ねあがったみたいに立ちあがっている。よれよれのヤギひげが顎の下に花が開くように伸びて顔ぜんたいを長くしていて、とびでた目をもいちだんと強調し、茶の瞳よりも白目を目立たせている。立っていると、およそ五フィート十インチ（178センチ）で、想像していたよりも高い。

「こいつを朝までここに置いとけるかな？　オフィスから盗まれるのが嫌なんでサ。ずっとクローゼットに隠してたんだが、あそこじゃ隠したことにならないし。よければ、だが」

レサーは、迷ってから、いい、と答えた。「今日の分は終わったの？」

「それがあんたにとってなにか？」

「べつに、ただ、ちょっと——」

「おれは八時から十二時そこいらまでやる」黒人は言った、「まるまる四時間仕事して、あとは遊ぶ——友だちのところにいったりとか。言葉を書くのは一トンのハンマーで紙を叩くようなもんだし。あんたはどのくらいねばるの？」

レサーは、一日だいたい六時間、と答えた。それ以上のときもある、と。

ウィリーは、不安そうに、なにも言わなかった。

レサーは、原稿について訊いた。「原稿も置いていきたい？　もちろん、プライバシーは守る、のぞいたりはしない」

「いいや。そいつはこのパパといっしょだよ。そのためのブリーフケースだ」

かさばるジッパーのついたブリーフケースが左腕の下にはさまっていた。

レサーにもその気持ちはわかった。原稿の安全は絶えず悩みの種で、かれもコピーを近くの銀行の金属の貸金庫に預けていた。

「だいたい何時頃、マシンを取りに来ます？」

「八時かそのへんにしといてくれるかな、かまわなけりゃ。もし一日来なくても、気にしないでいいから」

この男はおれに毎日の雑用を押しつける気でいる。よくよく考えながらレサーは言った、「その頃には起きてる、日曜以外なら」

「日曜はおれはかわいいビッチとヤってるよ」

「ほお、それはうらやましい」

「そんなことないって、まんこなんかそこいらじゅうにあるじゃん」

「わたしが会う女性はたいがい結婚したがってね」

「そういうのに近づいちゃダメだな」ウィリーはアドバイスした。

かれはタイプライターをフーフー言いながらレサーの部屋のなかへ運びこみ、リビングを見回してから、窓の近くの小さな丸テーブルの下にゆっくり下ろした。テーブルの上には皿にのせたゼラニウムの植木鉢があった。

「ここがよさそうだ」

作家は反論しなかった。

「あんた、すごいね」ウィリーは、妬ましげだが楽しそうに、二重に詰めこまれた本や雑誌やアートの小物でびっしりの棚をじっとながめた。ハイファイ装置を検分し、レコードの山をゆっくりガサゴソやり、タイトルやアーティストを声にだして読みあげ、発音できない名前はふざけて読んだ。ベッシー・スミス（１９２０年代の黒人女性ブルーズシンガー）の一枚におどろいた。

「この女はあんたにとってなんなの？」

「彼女はホンモノだ、語りかけてくる」

「語りかけるのと語るのはべつだヨ」

レサーは反論しなかった。

「黒人が経験してきたことの、あんたはエキスパートか？」ウィリーがいたずらっぽく訊いた。

「わたしは書くことのエキスパートだ」

「おれは大嫌いなんだよナ、白人が黒人についてクソみたいなことを言うのが」

ウィリーはぶらぶらとレサーの書斎に入っていった。デスクにすわり、タイプライターをいじり、ソファベッドのマットレスの具合をたしかめ、クローゼットを開け、なかをのぞき、扉を閉めた。壁の前に立って、作家のコレクションの何枚かの小さな写真をじっくり見た。

レサーは映画化で得た金について説明した。「およそ八年前、映画に売れて四万ドル入ったんで、分割の支払いにしてもらった。エージェントの手数料を引いて、年にだいたい四千ドルで暮らしてる、いままでなんとかやってきた」

「へえ、それだけのゼニがあったら、おれなんかもたっぷりどっさりクソしてられるんだろうな。ぜんぶなくなったらどうすんの?」

「もうほとんどない。でも、本を夏までに仕上げたいと思ってる、うまくいったら、それより前に。その本の前払い金で、あと二、三年はつぎの本にかかれるだろう。そいつはいま書いてるのより短いものになる」

「そんなに長くかかる、三年も?」

「もっと長い、書くのが遅いんだ」

「スピード、あげろよ」

ウィリーはもう一回部屋を見まわした。「ここ、広いよな。どうだい、近いうち、夜にパーティやらない? 今週はダメだが、たぶん来週なら。今週は埋まってるんだヨ」

レサーは乗った。口にこそ出さなかったが、ウィリーには、女友だちを一人か二人、連れてきてもらいたかった。黒人の女と寝たことがなかった。

ウィリー・スピアミントがハリー・レサーのドアを叩くのはたいてい八時十五分前だった。年の終わりの天候はひどくて、書いているときは、黒人は、オレンジ色の靴ははいたままで、血のように赤い厚手のウールの帽子をかぶり、寒さに対抗していた。帽子は耳の上までおろし、チュニックも着ていた。ハリーが、古いヒーターを直して貸してやってもいい、と提案すると、ウィリーは、書きはじめて乗ってくると爪先まであったかくなるんだ、と言った。

レサーにはそういうことはなかった。日によっては、スカーフを首に巻きながらタイプを打ち、さらに膝にオーバーコートをかけた。ヒーターが動いていていても足は冷えた。

みぞれやはげしい雪が降ったりすると、ウィリーのヤギひげには、早朝レサーのドアにあらわれたとき、氷や雪がレース模様のようにくっついていた。そして濡れた帽子をドアに叩きつけて雪を払った。たまに落ち着かない様子のときもあって、天候のせいとはいえないくらい、ブスッとしていた。マシンを受けとって正午にまた戻しに来るだけで、レサーとはろくに口もきかなければ、一日中水一杯も所望しない。ホルツハイマーのキッチンは蛇口が撤去されて封印されているのにだ。幸運にも、廊下をはさんだ斜め前のミスター・アニェロの部屋のトイレはときどき流れたので、ウィリーも、その必要があるときは、用が足せた。

ある霧雨の朝、レサーが、場面の切り替えで行き詰まり、窓辺に立って、通りから、街から、人類からアイデアをもらおうとしていると、レヴェンシュピールが道路の向こう側のあばた面の灰色の家の前にオールズモビルを寄せて駐めるのが目に入った。家主がこっちの窓を見上げるのとほとんど同時にレサーはブラインドを下ろした。ただちにウィリーの部屋に行き、ドアをノックした。返事がないので、ノブを回し、声に出して名乗りながらなかに入った。

ウィリーはちびた黄色い鉛筆の先をなめながら原稿の難所と向きあっていた。邪魔されてレサーを怒りでにらみつけた。

レサーは、家主があがってくる、と言った。

黒人は見下すような冷たさでレサーをにらんだ。

「ケツを掘ってやるヨ」

「わかった」レサーはいやな気がしたが言った。「ただ、教えといたほうがいいと思って」そして勝手に入ってきたことを詫びた。「ノックが聞こえなかったんじゃないかと」

とりかかっているページを見つめるウィリーの表情がゆっくり変化した。不安そうになった、心配してはいないまでも気にしているかんじに。

「その野郎はサ、おれがここにいるってわかんねえだろ、おれがジッとすわって身動きひとつしなけれぱ。部屋をぜんぶくまなくのぞいてまわるわけじゃないだろ?」

ないと思う、とレサーは言った。「たいていはあがってきて、わたしが書いているそばで小言を言うだけだが、ひょいと思いついておたくのところに入ってこないともかぎらない。そういうやつなんだ。わたしとしては、おたくは床に伏せてやつが帰るまで待つのがいいと思う。原稿は手元から離さないように。タイプライターはわたしが隠す。やつが引きあげたら、すぐに知らせる」

ふたりは即座にその作戦にとりかかり、ウィリーは原稿をブリーフケースに急いで詰めこむと五階に下り、レサーはL・C・スミスをバスタブに隠した。レヴェンシュピールがずかずか侵入してくるとはかぎらないが、情勢は読めない。六ヶ月毎に、無駄に決まっているのに、部屋を点検する権利がある、と主張するのがレヴェンシュピールだった。

家主は、数分後、レサーの部屋のベルを押し、つづけて容赦なくドアをノックしてきた。作家は、家主が階段をのぼる様子を、ハアハア息をしながらずっと手摺りにつかまっている姿を想い描いた。レヴェンシュピールは歩くとき体が横にすこし揺れる。長距離のトレッキングは控えたほうがいいのに、心臓発作のタイプのようだし。

「ちょっと開けてくれ、なんで開けない?」レヴェンシュピールが呼ばわった、「差しで話したい」

「いま手が離せない」レサーはリビングから返事をし、新聞に目を通しながら家主が引きあげるのを待った。「新規の報告事項はない。執筆はつづき、いぜん進行中だ」

耳を澄ましているのだろう、沈黙の一瞬。そしてはじまったレヴェンシュピールのごろごろ声はしわがれ、低く、自分に語りかけるようで、公園を散歩しながらさんざ考えてきたのか、いつも以上の効果を狙っていた。

「覚えてるかな」とかれは言った、「娘の話をしたろ?」

レサーは覚えていた。「腹の大きい子か?」

「そうだ。その子が六歳のときから貯めていた貯金をおろして中絶したんだよ、新しい法律にしたがって。（1970年、ニューヨーク州は中絶を一部合法化した）どんな医者にやってもらったのかは知らんが、話だけ聞かされた。とにかく、わたしに相談はしてこなかった。結果、子宮にキュレット（掻爬器）をいれたときに、大出血になった。女房は、敗血症になるんじゃないか、と半狂乱だ。わたしはこれから病院に行く、集中治療中のベイビーに会いに」

「それはお気の毒に、レヴェンシュピール」

「あんたには話したいと思ったんだ。こんなこと、だれにでも話せるものじゃないが、作家には話せるかな、と」

「同情するよ」

「その言葉、いただいとく」と家主は言った、「ありがたく」

「で、ほかに報告事項は？」一分ほどの沈黙のあと、家主が言った。

「ない」

「ぜんぜん？」

「ない」

「人類にたいする態度にも変化はない？」

「人類には元気づけられてるよ」

レヴェンシュピールは黙って引きあげていった。

レサーはいま聞いた話を頭から追い払おうとした。こざかしい野郎だ、こっちが気の毒に思うだろうと承知して、こっちの頭になにか粘っこいのをぶっかければ、降参して下りてくると計算したんだろう。そういう計画だったんだろう、きっと。

ウィリーは、階下の窓から様子をうかがっていて、家主が建物から出ていくのを見ると、急いで上がってきた。レサーのドアを叩き、タイプライターをバスタブから取りだした。

「老いぼれのユダヤ人のケチな家主が」

「ウィリー」とレサーは言った、「知らなかった？ わたしもユダヤ人なんだけど」

「おれが言ってるのは経済的な事実だ」

「わたしが言ってるのは個人的な事実だ」

「ともかく、おれといっしょにスウィングしてくれてありがとネ、ベイビー。感謝してる」

「どういたしまして」

黒人はニッコリして美しい歯を見せた。めずらしい仕草だった。

「前に言ってたパーティをやろうぜ、こんどの金曜の夜。おれのビッチも連れてくる、何人か友だちにも声をかけるよ」

○

ウィリーの友人たちが六階までの凍りついた階段をのぼってレサーの部屋にやってきたのは新年の最初の金曜日、たいへんな吹雪の日で、みんなの頭にも雪が積もっていたが、そのなかにウィリーの「ビッチ」のアイリーン・ベルもいて、レサーはいくぶんおどろいたが――ウィリーの趣味か、もっと目立たないタイプだと思っていた——白人の女で、そうとう美しかった。もっと美しくもなれただろうに、理由はレサーにはわからないものの、まるで美しさなど強制されたくないかのようだった。彼女は壁にかかった小さな鏡をチラッと見——目は泳いでいた——うっとうしそうに顔をそむけ、ゆったりしたケープを脱いだ。顔に浮かべたかすかな笑みはいくらか引きつっていて、目は落ち着かなかった。わずかに悲しみがあった。レサーはじっと見つめた。ウィリーは、彼女を紹介するだんになると、おれの白人の女の子、とだけ言い、名前は言わなかった。そうされると、彼女は離れていった。来る途中で喧嘩してきたんだな、と作家は考えた。

ほかの二人は黒人のカップルだった。メアリー・ケトルスミスは気の強そうな魅力的な女で、元気のいい邪気のない顔で体格もよかった。シルキーで細かい巻き毛のアフロヘアで、あっさりした白のミニに紫のタイツをはいていた。気さくで、ウィリーにレサーを紹介されたときも、十本の指をレサーの腕に触れながら話しかけてきた。レサーも彼女の腕に触れ、いろいろ渇望を覚えた。サム・クレメンスは彼女の眼鏡をかけたアフロのボーイフレンドで、マリファナで気持ちよくなっているところといったかんじの穏やかなタイプだった。どっちみちレサーには印象は薄かった。抜群な気分という状態にはなっていなかったのだ。十四人は来るものと期待していたのに、天候のせいで総勢わずか五名、打ち捨てられたような、自分では女性ひとり呼べないバカ者の気分だった。

ウィリーは、身から離れるのが忍びないのか、原稿を書いているときのセーター姿で、飾りにクルミほどの大きさのアラビアン・ガラスのビーズのネックレスをつけていた。ほかに、ローウェストの黄色のズボンと茶と黒のツートンカラーの靴でめかしこんでもいたが、靴は雪で濡れていた。ヤギひげと髪の毛はしっかり櫛をいれてクリームで固めていて、いかにも楽しもうという気が満々だった。動きも軽快で、ふんぞりかえって歩いたり指を鳴らしたりした。お調子者のようにふるまうわけではなかったが、かれの言うことにみんなは笑い、仕草も愉快だった。一度ならず窓辺にいるアイリーンをチラッと見たが、その表情はときにうつろで、忘れていたなにかを思いだそうとしているかのようだった。それとも、なにか声でも聞こえていたのか？　レサーが何ヶ月もひとりきりで住んでいたフロアに地上から舞い上がってきたこの異人の、それは新しい姿だった。いまはハウスメイトであり、同志の作家であり、おそらくは未来の友人となる男の。かれの孤独な女は、おそらくやさしく声をかけられるのを待っているのだろう、離れたところから超然とながめていた。ウィリーは、気づいていたとしても、気にかけていないようすで、近くの者とふざけていた。この男はなんと簡単に書いている身から自分を切り離せるのか、それにひきかえ、おれのこころはいつも稼働中で書くことをやめていない、とレサーは思った。今夜は楽しもう、と決めた。

見てないふりをしつつも、レサーはウィリーのオフブロードウェイの女優をなめるように見た。そんなふりをするレサーにたいし、彼女のほうはなんのふりもしていなかった。わたしは見ての通りです、と言わんばかりにすわり、自分についてなにか主張しようとはしていなかった。年の頃は二十五、ブロンドに染めた長い髪はゆたかに左の肩を越え、胸のうえまでエンブレムのように伸びていた――なぜなのだろう、その姿にパーティのホストは傷つきそうになった。女がふたり、おれの部屋に入ってきただけで、ピッタリ一分で、おれはもう逆立ちしそうになってるぞ。レサーはいつもの自分に語りかけた。

どんな気分だったのか、しばしの引きこもりから抜けだすと、女優は濡れたブーツを脱ぎ、手にドリンクをもって、部屋のなかを探険しはじめたが、幅狭の足でやや内股に歩く姿は背が高めの女に似合っていた。彼女が移動したあとに残るクチナシの香りを、レサーは吸いこんだ。かれは花は大好きだったのだ。彼女はボタンのついたショートスカートにあざやかなピンクのブラウスを着ていて、膝についた煙草の灰を払おうとして体をかがめたときはミルクのように白い乳房が見えた。かれのクッションに彼女は両脚をひらいてすわった。レサーは下から上へと目をやった。アイリーンが卵にすわっていたかのように立ちあがり、メアリーになにか言うと、メアリーは両手で口をおさえて笑った。

レサーは書斎に逃げた。

まいったな、おれの欲望は見え見えか？

しばらくしてから、音楽が鳴っているなかにもどった。客たちが踊っていた、メアリーはゴージャスにサムと、アイリーンはウィリーと。レサーは、アイリーンがウィリーを見つけだしたのであってその逆ではない、とにらんだ。四人はウィリーが紙袋に入れてもってきたロックのレコードにあわせて、肩と尻を回転させるブーガルー（発祥はキューバで、60年代に黒人たちによってアメリカに広まった）を踊っていた。アイリーンとウィリーは一体になっているかのように踊っていたが、ウィリーのひとをあざけるような重たげな目は凝り固まっているし、かれのまわりをくるくるまわるアイリーンの青白い顔にうかんだ笑みは弱々しく、まるで顔は踊っていない、そのくせ、ふたり以外はだれもいないかのよう。しょっちゅう熱心にしゃべってはいるが接触は避けているような離れた動きかただ、と作家はかんじた。おたがいの不満の程度を測ろうとしているのか——それともウィリーは自分をだましているのか？　相手へのこんな露骨な抵抗が愛着のかたちなのか、純粋なほかのなによりもなんともいいがたく強力な情愛なのか？　レサーは二度ふたりのあいだに割りこもうとしたが、踊るふたりはどちらも受け入れようとしなかった。しかし、一度、アイリーンがウィリーをひっぱたいた。すると、ウィリーはもっとつよくひっぱたいた。彼女は瞬間泣いたが、ふたりは踊りつづけた。

　レサーはサムとメアリーのあいだに割りこんだ。サムは、一瞬、身を固くしたが、黒人の女はするりと抜けだしてレサーに歩み寄り、前からつづいていたかのようにかれと踊った。その目は閉じていて、動きはセクシーだった。レサーは動くのをやめて彼女が腰をひねるのをながめた。メアリーは目を開け、けらけら笑って、両腕を差し出してきた。レサーが自分なりに小さく動きながら近づいていくと、彼女はエキゾチックに体をゆすった。ステップは速く優雅で魔術的だった。立ち木さながらのレサーに、木の葉のように踊った。かれも体をゆるめてゆらゆらさせると、メアリーはさらにそそのかしてきた。部屋の中央でブーガルーを踊っていると——サムは窓から吹雪にむかって小便をしていた——メアリーがレサーに、あたしのうちはここから二ブロックも離れてない、とささやいた。その情報の意味をじっくり考えてから、しばらくして書斎で、かれは彼女に言い寄った、ロックはうるさく鳴り、サムはほぼつぶれていて、ウィリーとアイリーンはいぜんおかしな求愛の儀式をつづけていた。

メアリーにそそられて、レサーはキスをし、ブラジャーに指を滑りこませた。彼女はゆっくりと息を吸い、ねっとりとキスを返してきたが、それ以上は、かれがソファベッドに誘おうとしても、乗ってこようとしなかった。こころのなかでなにかの重さを量っているかのようで、ため息をついてかれの手をつかんで突っぱねた。

彼女が目を輝かせ、腰を前に突きだして、首を弓なりに反らした。胸は小さく、体はすらりとして、脚は細くて美しいかたちをしている。ハリーは、勃起し、こっちの欲望に反応してくれるのを期待して、紫色のタイツの上のミニをずりあげた。

メアリーは力強く突き放した。「離れて、白んぼ、臭い」

レサーは欲望が萎えるのをかんじた。

「悪気はなかった」

気まずい一瞬の後、彼女はやわらぎ、そしてすばやくかれにキスをした。「気、悪くしないで。セックスには心の準備が要るの、そういうひとなのよ、あたしって。やさしくして。あたしもやさしくするから。いい？」

レサーは、窓辺の水差しにいっぱい入った造花のスミレをひとつ、渡した。メアリーはその花をうけとると、ドレスのどこに刺そうかと探し、結局、ソファベッドの上のハンドバッグにポトンとおとした。

かれはもう一回あやまった。

「思いつめないでね、ハリー、好きよ」

「じゃあ、さっき言った臭いっていうのは？」

「白人のにおいがするってこと、それだけ」

「白人のにおいってどんなの？」

「ぜんぜんにおいがないってこと」

「なら、気にしない」

「気にしないで」彼女は言った。「人生はあまりにも短いの、わかる？」

サムがにらみつけるように部屋をのぞきこんだので、メアリーはハンドバッグをひっつかんで出ていった。レサーは、おれのこのみじめなパーティを台無しにするな、と自分に言い聞かせた。

○

レサーはウィリーに、イチゴ味のペーパーで巻いたジョイントをくれ、と頼む。

ウィリーは自分のをシェアする。ふたりは小さなキッチンの床にあぐらをかいてすわり、肩をならべて、くしゃくしゃのべとべとになった紙巻きを回し合う。

こいつにはすこしレバノン産のハシシが入ってる。嗅ぐんじゃなくて、いいか、はらわたまで吸いこむんだ。

レサーが甘く燃える煙をじっくり深く吸うと、だんだん部屋が輝いてきて大きくなっていく。アーチ型の門が起ちあがり、薔薇窓が濃い薔薇色に光る。鐘がゴーンと鳴り、ふたりは沈みかけたチャペルのなかにいる。

このカテドラルは浮き島だ、夏の雨のあとの森と花の香りがするよ。千本もの木の根っこが黄色い水のなかに伸びてる。この浮き島にいるのはぼくたちだけだ、ウィリー、常緑樹と紫の薔薇につつまれて、流れのままに流されてる。鐘が深い森のなかに鳴りひびいていく。河の両岸でみんなが手を振ってるのは、流れていくぼくたちにだ。赤い旗や黒い旗を振ってる。ぼくたちも挨拶しないと、ウィリー、ぼくはこっち側に挨拶するから。みんな、喝采してるよ、さあ、挨拶を返さないと。きみも挨拶したほうがいい。

みなさん、ありがとう、つぎのは最高傑作になるから。

あいつらはだれだ、ブラザーたちか、それとも白人にへつらうアホどもか？

白い帽子をかぶった黒いやつらと、黒い帽子をかぶった白いやつらだよ。いいぞー、いいぞーって応援してるのは、ぼくたちがいい作家だからさ。いかにもわかってるかのように自分をさらけだしているからさ。あんたたちが何者でどうしてそうなのかをみんなに語り、みんながあきらめていた感情を味わわせてやってるからだよ。みんな、ぼくたちの涙に泣き、ぼくたちの笑いを聞いて笑う、あるいはその逆か、まあ、どっちも大差ないけど。

なにについてだ、あんたの本は、レサー？

愛、かな。

ウィリーはクスッと笑い、静かにていねいに漕ぐ、水面にさざ波がたつたびに筋肉が光る。真実を言ったことがないのでそれが言いたくてたまらなくてものを書いている男の話さ。きみのは、なにについてだ、ウィリー？

おれ。

進み具合は？

四本足で、ギャロップしてるってとこ。あんたは？

一本足で、パカッってところか。

おれはノーベル賞をとる。百万ドル、キャッシュでもらう。

ぼくが先さ、ウィリー。氷河時代から書いてるんだから、明日があるさ、と。

ウィリーはクールに漕ぎ、だんだん広くなっていく河の速い流れの先に目をやって、沈み木や砂州や難破船の船体がないかを見張っている。

それに、いま書いてるのは最高傑作になる。両岸の善人たちにはあの紙の小旗を、灰色のや黒いのをがんがん振ってもらって、ハリー・レサーは六弦のハープを奏でるかのダビデ王だ、と認めてほしいよ。まあ、ぼくの音符は言葉で、詩篇じゃなくてフィクションだけど。ハリー・レサーが書いてるのは小さな傑作だよ、しかし、そんなに小さくもない。『旧約』の詩篇は小さいか？

レサーは、作家ハリー・レサーに、パカッを三倍、あたえた。パカッパカッパカッ。

よく言うよ、あんた。どんどんクソみたいなことぬかしゃいい。どんどん焚きつけて煙の様子を見るがいい。どんどんカネをぶんどれよ。いろいろうるさいことを言うやつらはいる、しかし、おれはもうけてやる。

そんなの、たかがカネだぞ、ウィリー。未来に記憶されるってことがあるんじゃないのか、ささやかながらも不滅になるという？　人間の存在なんて、はかないもんだし。

おれが欲しいのは緑、お札のグリーンだ。おれの黒いケツと白いビッチのおまんこにカネを詰っこみたい。カネでそいつにぶっこみたい。

いまいるこの聖なるカテドラルのことを考えろよ、ウィリー、朗々と鳴りひびいてる鉄の鐘を。花がいっぱいの、薔薇が密集するこの浮き島だよ。つまり、これって、芸術なんじゃないのか？

トンチンカンなこと、言ってんじゃねえよ。痙攣がきて肝臓がやばいことになっちまう。芸術とかいうきったねえ言葉、やめてくれよな。

芸術は栄光だ、シュマック（「バカ者」と「ペニス」の二つの意味がある）だけだ、そうじゃないと考えてるのは。

レサー、そのユダヤ語、イラつくんだよ。あんたのルーツをおれに押しつけるな。なにが言いたいかはわかる、わかってないと思うな。わかってんだよ、おまえらがおれらから性器を奪いたがってるのは。シュマックだかなんだか知らんが、チンポの割礼とかなんとかはお断りだ。おまえらユダヤ人はおれたちの血を弱めておきたいんだ、そうすりゃなにもかも手に入れられるんでな。ユダヤ人の女はたいしたあばずれで、おれたちに割礼の手術をさせて血を断たせようとしてる、そしてユダヤ人の医者がそれをやるのは、やらないとおれらに国を乗っ取られて、自分らが叩きだされると不安だからさ。それを心配してんだ。おれの友だちでユダヤ女のために割礼したのがいたが、そいつはいまじゃもうセックスしてもぜんぜんよくないって言ってるよ、ひっぱる力がないんで、おもしろくもなんともないって。女のなかに入っても、ひっぱる力がないんじゃ、ぜんぜんよくないって。そいつは部屋にひきこもって自分のチンポを嘆いてるさ。だから、そんなユダヤ語をおれに言うな、レサー、ユダヤのろくでなし、おまえらがおれたちの上に立とうとするのにはうんざりなんだよ。

ウィリー、きみが芸術家なら、黒んぼでもなんでもない。

ウィリー

黒んぼよ、黒んぼよ、ぜったい死ぬな
かがやく顔の、出っぱった目よ。（ミンストレル・ショーのヒット曲）

レサー

黒んぼよ、黒んぼよ、まぶしくかがやけ
夜の森のなかに。（ウィリアム・ブレイク「虎よ、虎よ」のもじり）

ウィリーは漕ぎに漕ぎ、そのうち目が白い石になる。漕ぎながら眠る。河の両岸は徐々に闇につつまれる。喝采は沈黙の星になる。花でいっぱいの島は靄に消える。天の川が宝石を散りばめた車輪のように夜空で動く。

こんど白いチンポを見かけたら原爆を落としてやる。

レサーは蚊の群れと格闘する。

自分の家の淋しい小さなパーティで孤独なレサー、ウィリーの女とようやく話ができる。彼女がずっとリビングと書斎をうろうろしていたのは、きっと自分を避けてのこと。その目にも、その大きな足にも、平安はなかった。ウィリーと踊っているところに割って入ろうとしたとき、レサーはウィリーが「アイリーン、今夜はヤレない」と言うのを聞いていたのだった、「書いてる本がむずかしいところに来てる。明日の仕事にかかれるよう、精力をとっとかなきゃならん。日曜まで待っててくれ」

「あんたのろくでもない本なんか大嫌い」とアイリーンは言った。

暖房が切れていて、部屋は寒かった。アイリーンは長いケープをかぶってレサーのソファに寝転がり、作家がおずおずとケープの下に入っていっても拒まず、なにも言わなかった。クチナシの香りがかすかな汗のにおいとともに彼女の体から昇ってくる。サムとメアリーは、アフロ対アフロで、書斎のソファベッドで電気ヒーターをつけて寝入っている。ウィリーは、ジョイントを咥えて、キッチンの床の上でいまなお漕いでいる。

アイリーンはブロンドの頭の上に造花のスミレの花飾りをのせていた。レサーがかつて付き合っていた女のひとりが書斎の窓辺の小さなひび割れた水差しに差していった花束から編みあげたのだ。色褪せてはいたが、かえって、彼女の目のブルーがかった緑をひきたてている。彼女が爪の下の肉まで噛んでしまっているのにレサーは気づいた。眉毛はすっかり抜かれていて、茶色に描かれた眉はぶざまに汚れている。片方は長すぎ、もう片方は短すぎる。おかげで顔はピエロのようだった。自分にきっと不満があるんだ、と確信した。

「髪はほんとうは何色？」

「黒よ」自嘲的で、低い声。「それと、名前はベリンスキーで、ベルじゃない。ウィリーとはこの二年の付き合いよ。ほかに知りたいことは？　どうしてここにあなたが横になってるのか、わかってるよ。今夜はわたしと寝ないとあいつが言ったのを聞いたからでしょ？　耳を澄ましてるの、見てたから」

「クリエイティブな精力を提供するの、ぼくは厭わない」

「よしてよ、あたしにはウィリーがいるのよ」

荒涼たる夜だった。レサーにはまたしてもあやまっている自分の声が聞こえた。

「ウィリーが言うのを聞いたからじゃない。きみが部屋に入ってきたとき、過去に自分がなくしたあるものをかんじたんだ」

「どんな過去？」

「いるべきところにいなかったみたいな。だれかが欲しかったときに」

「わたしは欲しいものは手に入れてる」

レサーは、明日の朝はちゃんと書けるだろうか、と思った。たぶんダメだろう。

「あなたのはなにについての本？」アイリーンが訊いた。

「愛」と答えたが、息は荒くなった。

「愛について、あなた、なにを知ってるの?」

レサーは答えようがない。

彼女は苦笑いを浮かべながら眠りにおちた。

ウィリーが部屋に入ってきた。

「頭、冷やせよ、あんた」ソファにいるレサーに言った。「おれの目の前で猿みたいに興奮してんじゃねえよ」

○

ウィリーとその友人たちが部屋を出ていくときには、吹雪はやんでいた。黒人は、目をとろんとさせたまま、レサーの背中を叩いた。

「芸術でせいぜいグルーヴしようぜ、だんな。おれたちは一体だ」

ふたりはブラザー同士のように抱き合った。

○

数時間後、ウィリーはタイプライターを取りに来たが、レサーには一言も口をきかず、唇だけが落ち着かなく動いていた。表情は固かった。ふたつの想念をにらみつけている男のようだった、どっちにも我慢できないとばかりに。

レサーが真っ先に心配したのは、ウィリーの言葉を立ち聞きしていた自分に言い寄られた、とアイリーンが告げ口したのではないかということだった。それとも、メアリー・ケトルスミスが彼女のミニスカートとアクロバットを演じた自分のことを話したか？

しかし、ウィリーはなにも言わず、言い争いで朝がめちゃくちゃになるのを警戒してか、鼻の上にボールでものせているかのようにバランスを保っていた。レサーはあくまでも沈黙を守った。少々気にもなったが、それよりも、寝不足で頭がぼんやりしているので仕事ができるか、心配だった。

ウィリーはぶつぶつ言いながらマシンを持ちあげて廊下に出ていった。レサーはホッとしてドアを閉め、ただちに執筆にとりかかった。快調に進み、とてもいい日になった。寝不足で集中力のギアが入らないんじゃないかと心配しているとき、こういうことはたまにある。十二時半になっても黒人はあらわれなかった。その夜の七時、夕食の皿を二枚洗っていた作家は、ウィリーはなんらかの理由でここに見切りをつけて新しい仕事場に移ったのではないか、と考えている——望んでいる？——自分に気づいた。ひとりきりになれる、打ち捨てられたどこかの部屋に居を構えたのでは？「おれにかまうなよ」的なかんじで毎日来られるのだから、いなくなってもいっこうに問題はないが、それでも、仲間の作家の手助けは喜んでしたかった。作家は助け合わねば。ある程度までは。自分の執筆が第一だが。

午後九時、レサーが揺り椅子で本を読んでいると、ウィリーがドアを蹴飛ばしてきた、マシンを孕んでいるかのようにマシンを抱えていた。テーブルの下に置くと、一分ほど考えてから黒人は言った、「レサー、ちょっと話し合いたいことがある」

作家は先手を打って、昨日の夜のふるまいをあやまった。

「ハシシのせいだ。あれはわたしには合わない。近づかないほうがよさそうだよ」

ウィリーは髪の分け目に爪を滑らせた。それから、ピンクの両の手のひらを固い茶色の爪でひっかき、丸めた無骨な拳に息を吹きこんだ。さらに、片方の足をひきずり、つづけてもう片方の足をひきずった。

レサーは不安になった。昔のステピン・フェチット*の映画でも観てきたのか、それともどうかしちゃったのか？

ウィリーはブスッとして言った。「原稿、今晩ここに置いとこうかと思って」

「ああ、いいよ」レサーは言い、そういう用件だったのかとホッとした。「心配はいらない、読まないよ。信じていい」

ウィリーは落ち着かないようすで息を吸いこんだ。「いや、読んでほしいんだ、あんたに」

そして痙攣に襲われたかのように身を屈めたが、すぐにしゃきっとなった。

「なんだか仕事のことを考えると腹が痛くなってサ」汗が額に光った。乾いた唇にピンクの舌が触れた。ウィリーの目玉が、いままで見たことがないほど、でかくなり、膨れあがり、白くなり、怯えているようにレサーには見えた。

「腹が痛くなる？」

「原稿だよ。いくつかまたまた書き直そうとしてるんだが、読むとかならず、まったく新しいことをはじめてる、なんか、そもそもうまくいってなかったみたいに。絵がどんどん動いてるんだ、わかるかな？　昨日は何ページかはうまくいったと思ったが、女のところにいたら書いたシーンがぜんぶこころのなかで崩れちまった、むかつくレンガの屋外便所みたいにサ。そういうのって、あんた、消耗するぜ。あんたのとこのパーティに来るような気分にはとてもなれなかったんだ。さっさと仕事にもどって、机にしがみついて、まちがってるところを叩きだして正しいのに入れ替えたかったが、アイリーンに、リラックスして楽しんで気分転換したほうがいいよって言われてサ。今日は一日ずっと部屋で自分のを読んでたが、どこかで本筋から逸れたっていう、しかも、どこからそうなったか、どうしてそうなったか、わかんないという、いやーな気分になった。いまはどこを読んでもぼやけてるように見えて、なんだかじいちゃんの老眼鏡でもかけてるようなかんじで、バランスが崩れて立ってもいられない。なんだか、いちゃいけない、とんでもないところに来ちゃってるって気分よ。なあ、おれ、どうしたらいいと思う、レサー？」

作家はウィリーが真剣に助言をもとめているとわかり、慎重に答えた。

「ちゃんとした距離をもってながめれば、簡単にぜんたいの展望はもう一度つかまえられる。わたしは、前に書いた章をひとつタイプし直す、そうしながら気に入らないところをチェックする。省察を速める、これがひとつの方法だよ、ほかにもいくつかあるけど」

「そんなことはとっくにやった」ウィリーはじれったそうに言った。そして感情的になるのを

＊　１９３０年代にアメリカで最初の黒人の映画俳優となったリンカーン・ペリーの芸名で、役柄の多くは愚鈍でのろまな黒人。

抑えながらつづけた、「レサー、あんたが目を通してくれたらサ、おれの悩みや心配はだいぶ軽減できるんだが」

「原稿を読んでほしいってこと?」

ウィリーはにらんでいた目をそらし、うなずいた。「二冊も本を出版してる知り合いなんか、ほかにいないから」

レサーはいやいや引き受けた。「ほんとうにそうしてほしいんなら、かまわないが」

それ以外になにが言えたか?

「そうしてほしくなかったら頼んだりしないだろ?」黒人は憎悪の視線を投げつけて部屋から出ていった。

○

レサーはゆっくりと、情緒不安定な男のファンキーな原稿を、二百ページ近い特大サイズの分厚い紙の束を読んだ。はじめはいやいや、飛ばし飛ばしだった。ふたつの心で読んだ——好奇心と反発心とで。ウィリーと約束してしまったが、もうこれ以上はお断りだった。やつの不満足や気分や苦労にはもう関わらない。

通りでは風が不満をつのらせるかのように唸り、レサーは原稿からただようにおいを避けてハンカチを鼻にあてながら読んだ。こんなにもピュアで押し殺した呻きが窓の外から聞こえるのは、この家に暮らして十年だが初めてで、風はまるでおのれを呪う生きた亡霊のようだった。遠くでドアがバタンと鳴ってはまた鳴って、読んでいたレサーは二度ほど飛び上がった。廊下にささやき声が聞こえた。ウィリーがふらふら歩いて独り言でも言っているのか？　レヴェンシュピールがぶつぶつ言っているのか？　沖合の船の冒険者たちなのか？　それとも深い深いどん底からか？　ドアのところに行って、鍵穴に目をあてた。見えたのは薄暗い廊下だけだった。レサーはロックをはずすとスニーカーでウィリーの部屋に向かい、煙草をふかしながらカチカチ打つ音が聞こえるのではないかと一瞬期待したが、あのバカでかいタイプライターは原稿を読んでいる自分のそばに、窓の脇のテーブルの下にしっかり置いてあるのだ。なかからは由々しい音は、いかなる種類のものも聞こえてこなかった。きっとネズミがトイレの穴にでも逃げこんだのだろう。なにも起きてはいない。働きすぎの想像力の産物、作家にはつきものだ。慣れなくては。魔法のランプから飛びでてくるようなハイパーアクティブな精霊とは折り合っていかなくては。それでも、レサーは憑かれたように耳を澄ました、まるでそうしないと貴重なわずかな経験を取り逃がしてしまうかのように。それから指の爪でドアを叩き、固いノブをまわして、なかに入った。真っ黒な夜で、月も星もない。こんな真っ黒のなかで黒人が見えるか？

「ウィリー？」レサーはささやいた。

パチッと点けた一〇〇ワットの電球は、雨の日にウィリーがソケットにねじこんだものだった。がらんとしたキッチンが、煌々と照らされて、遠くからにらみつけていた。ウィリーのテーブルとひびわれた椅子は——孤独で、書いている者がいないのでよそよそしく——二個の木の塊だった。書いている者がいさえすれば、堂々たるデスクと椅子になり、重大な仕事が進行中、フィクションが製造中ということになるのだが。

　レサーは部屋にもどって読みつづけた。原稿からは文字通りガスのようなにおいがのぼってくる。苦役の臭気か？——ウィリー・スピアミントの汗とカビたなにかが合わさり蓄積されてこんなにもにおっているのか？　非常に安い緑の紙の化学変化による腐敗のにおいかもしれない——どろどろした硫黄のようなにおいは、タイプされてはゴムの熱くて臭い消しゴムでしょっちゅう消されてまたタイプされた、その繰り返しの産物か？　あるいは、鼻へのこのむかつく打撃は言葉がつくりだした腐った数々の人生から生じているものなのかもしれない、それとも、そんな人生からの復讐の屁か？

　ウィリーの本は、以前は『黒んぼはクソじゃない』というタイトルだったが、線で消されて『欠けている人生』になっていた。著者名はビル・スピア。巧妙なペンネームで、姓でもあるし、狩猟民族の狩りの槍（スピア）でもあるし、シェイクスピアを連想させた、ウィリーも。（「ウィリアム」の愛称は「ウィリー」とか「ビル」）三つ目のタイトルはとても薄く鉛筆で書かれていた。よく見えるほうの目を近づけて検分すると『黒人作家』とあった——そしてそのあとに疑問符。ともあれ、レサーがゆっくりとメモをとりながら三晩かけて読んだ原稿は——ウィリーはその紙の束をデスクの自分のまえに積み重ねて、書くにせよ書き直すにせよ、長時間仕事をするのが好みで、かならずタイプで打った——大きく二つのパートに、「人生」と「作品」にくっきり分かれていて、はじめのは六章から成り、ぜんぶで百四十八ページ、そのあとにぜんぶで五十ページの短編小説群がつづき、黒人としての体験を生きるさまざまなハーレムの人々についての話があった、自伝としても悪くないかんじのものになっていたが、ウィリーは自伝だと言ったことはなかった。そもそも自分の本について多くは語っていなかった。レサーがそれを小説だと考えたのは、自分の書いているのが小説だったからにすぎない。

その本は、どう見ても、完成した作品にはなっていなかったが、それでも読んでいると引きこまれた。ウィリーの個人史で、「南部の少年(ダウンサウス)」から「黒人作家」までの、「南部とかわらない北部(アップサウス)」「ハーレムの夜」「獄中教育」を経由しての道のり。短い最終章は「わたしは黒人の自由のために書く」というタイトル。おもに自然主義的な告白体で、ウィリーの冒険が淡々と語られ、文体は標準英語から黒人隠語までといろいろで、文章も心理分析もレサーが考えていたより洗練されていた。「わたし」が育ったのは貧乏白人が多いミシシッピ州の黒人の完全な貧困のなか。白人たちによりも親戚縁者たちにこづきまわされるが、しかし、自分を痛めつける黒人たちを、とりわけみじめにやせさらばえた母や白人のケツをなめる義父を痛めつけているやつらこそが憎いのだと、自分の人生への認識を初めて深める。ある日、十三歳になったウィリーは、カンカン帽をかぶった白人さん(チャーリー)が小道を歩いてくると道をゆずり、その男に黒人少年(ブラックボーイ)の目のなかを見られないようにギュッと目を閉じてから、その白人のきんたまを踵で潰して血だらけにする。「かれへの憎しみはとことんピュアだったから、それがその後の人生、わたしを元気づけた」

原始の墓場のようなところ、黒いものはなにひとつ青々と育つことのないそんなエデンを逃れて、貨物列車に飛び乗ってデトロイトに向かう。「そこではほとんど毎日フォード社で白人の便所の掃除をする」そしてそのかたわら、洋服の入ったロッカーをこじあけては小銭を盗むが、けっこうヤバいことはあっても一度も捕まらない。そのうち、地下室にいる病気の犬みたいに自分のなかに住みついた自己憎悪と相対する羽目になる。それが頭へのキックのように襲いかかってくるのは、自分の黒人のビッチを確たる理由もなく殴りつけて半殺しにしたとき。白人の男と寝たと言って責めたのだが、女はそんなことはしていないと誓ったし、かれもこころのなかではそう信じていた。顔をめちゃめちゃにした十七歳の娘へのその仕打ちは、おそろしいなにかへの恐れの意識をかれにもたらすことになる。その後ろめたさがパニックとなってかれは分裂。「鏡をのぞいたら白い顔になった自分がいるんじゃないかと思った」しかし、そんなふうに落ちこむのも、かれが黒人だから。

ウィリーはハーレムを満喫する、ぴっちりしたサテンのズボンに色褪せないバックスキンの靴で、ジャズから監獄へと悠々と無節操に過ごし、ポン引きをしたり、白人の二人の売春婦のヒモになったり。「忘れちゃいけないのは白人女は黒のチンポが好きだということだ」ハードな麻薬を打ち、クスリで具合が悪くなっても——鼻水、痙攣、嘔吐——空き巣や強盗をつづけ、それで二人のでっかい白人のブタの警官に捕まるが、びくびくしながらも素手でたたかう。「この最初のソロ・パフォーマンスで愚かさゆえにしょっぴかれた、ぼこぼこに殴られ、監獄に叩きこまれた」裁判にかけられて判決がおり、まるまる五ヶ月の刑務所送りとなる。新たな発見は、「惨めさには底がない。一日中、自分を踏みつけて歩き、靴にはクソがくっつく」痛みはどうしようもない。しかし、自分の奥深くからブルーズが聞こえてくるようになると、痛みはだんだんそれほどでもなくなってくる。耳を傾けて、聴きいる。「ウィリー・スピアミントが歌っている」

時間はゆっくりと流れてうんざりするが、苦痛だか幸運だか残っていた意志力だか、それらがごちゃまぜになって、その服役はかれに益をもたらす。「走るのをやめると、考える時間ができる。自分のことをていねいに考える、自分は何者なのか、こんな底からいずれ這いあがれるのか」「もしもぶちこまれていなかったら、まちがいなくだれかを殺していた」魂を破壊する刑務所からこころをそらすため、生きのびる術を学ぶため、自分をすこしでもましなものに作りかえるため、ウィリーは刑務所の図書館で本を読みはじめる。「はじめたら、やめられなくなった。つぎからつぎへと、初めはゆっくり、言葉がわかるようになるとどんどん速く、読んだ」最初はまずなによりもフィクション。ディケンズ、ドライサー、ジェームズ・ファレル、ヘミングウェイ、リチャード・ライト、エリソン、ボールドウィン等々。「それと何百もの短編を読んだ、古いところから現代まで、黒人のも白人のも」「そして読んでいくうちに、とんでもない、ワクワクする、ギョッとするような反応が自分のなかから湧きあがってくる。自分も書ける、と」「話をひとつ読み終えると、難なく、そのつづきを考えるのが好きだったのだから。あるいは、エンディングを変えたりするのが。あるいは、似たようなのを書いたりするのが」そして自分に起きた話なら書けるのではないか、と思う。「するとたちまち、頭のなかはそんな話でいっぱいになり、どれがどれだかわからなくなるほどだ」ウィリーは監房で大声で笑い、叫び、踊る。紙と鉛筆を要求し、手に入ると、テーブルの前にすわる。人生のほんとうの不遇（ファンク）について書く。涙しながら書く。「どうしようもない母親のために泣き、あらゆる黒人について書く、自分をもふくめて」紙に書いた言葉が大好きになる、そこから黒人たちが生まれてくる。その存在が、その声が、そのウィットが好きになる。ハイになって書き、その歓びが最高に気持ちいい。文章が紙の上にあふれるにつれ、黒人たちが、そのアクションが躍動し、こころには誇りが満ちる。「それ以来、刑務所なんか怖くなくなる、入れられてはいるが、出てもいるのだから。想像の世界にいるのだから。いつかは最高の作家に、最高のソウル・ライターになってみせる、と自分に誓う」何十もの話を書く。「自分の人生の悲惨なひどい話を書けば書くほど、どんどん身軽になっていくかんじがする。怖いのはただひとつ、ふやけた人間にだけはなりたくない」

革命家たちの文章も、世の全体がどうなっているのかが知りたくて読んだ、とウィリーは書いていた。マルクス、レーニン、トロツキー、マオ。黒人についての本もできるかぎりくまなく読んだ、アフリカについて、奴隷制について、黒人の慣習と文化について。ルーズリーフのノートにメモをとったが、なんらかの問題についていざ書きはじめるといつも黒人たちについての小さな話になった。おもに書くのはフィクションだった。同胞たちの歴史や不当にあつかわれてきた苦しみへの理解が広がり、それにつれ、同胞にたいして深くやさしい強烈な愛を覚えた。そして白人たちには憎悪を溜めた。毎日一瞬たりとも忘れずに、というほどではなく、原則として。刑務所から釈放されたときは、五冊のフォルダーにぱんぱんに原稿が詰まっていて、どれも、黒人の自由という大義にかたまっていた。

ここで自伝的なセクションは終わり、つぎに短編小説群がつづいた。ウィリーの描く主人公たちはウィリーのようにうまくはいかなかった。自分を救う術を見出した者はひとりもいなかった。バグジーはネコノクソ横丁で、強盗だと追いかけてきた二人の白人のブタの警官に、三十八発、撃たれる。カミソリで反撃したが、一回、振り回しただけだった。

　エラリーはシンシン刑務所で電気椅子にかけられる。裁判官には必死に主張したのだが――

「裁判官、人違いです。黒んぼを探すとなると、黒は簡単に見つかる色ですけど。こころの底から誓って言います、あの闇夜に白人を殺したのはわたしではありません。わたしはあなたが思ってるような人間じゃない」

　ダニエルは、母親の顔に唾をしたといって父親を絞め殺す。その後、ママに、ぼくのことを赦して、と言うが、母親は、わたしは赦すかもしれないが神は赦さないでしょう、と答える。ダニエルは言う、「なぜやるのか、なぜ殺すのか、わからない。きっと、あんたのことも嫌いだがあいつのことはもっと嫌いなんだ」

　気味の悪い「心臓なし」という小説では、白人を殺してその心臓を味見したくてたまらないという、名前のない黒人が登場する。それは強烈な渇きであり飢えだ。かれは酔った白人をだましてテネメントの地下室にみちびきいれて殺す。そして死んだ男を切り裂くが、心臓が見つからない。胃も、腸も、陰嚢も裂き、さらにそこかしこを裂きつづけるなか、話は終わる。

　最後の作品では、ハリーが（ハリーっておれの名前だろ？）三人のブラザーたちに真っ白に塗りたくられる。ブラザーたちは、叩きのめすか、体中にコールタールを塗って鶏の羽根をくっつけるか（南部で黒人にたいして白人がおこなっていた虐待のひとつ）、考えた末にそうしたのだった。ハリーがナンバーズ賭博のパシリだった友人のエフラムをブタどもに売ったからだが、ハリーはエフラムに愛しのビッチをとられたのだ。パシリの仲間たちはハリーを部屋に閉じこめると、むりやり服を脱がせ、白のペンキを三缶、床にひざまずいたハリーの上にぶちまける、ペンキはどろりと頭をおおい、両目だけが黒く残る。ハリーは廊下へ逃げだし、屋上まで階段を駆けのぼり、ブラザーたちは追う。ブラザーたちが最後に見たのは、屋上から下の道路に飛び降りるハリー、夜に輝く真っ白な黒んぼだ。

　五つの小説、五つの死——黒が四つ、白が一つ。この暴力にはウィリーの深い、尽きることのない怒りがあらわれている。おそらくはかれの涙が紙を焦がし、ページからにおいを放つようになったのではないか？　本を読み返すレサーは、何度も鼻をくんくんさせたが、もうなんのにおいもかんじない。

○

　レサーはウィリーの文章にこころ動かされる。理由はふたつ、感動的な主題と、技はまだ未熟だが最後に襲ってくるかなしい感情だ。チクショー、なんという人生をやつはかいくぐってきたことか。いったいおれになにが言えようか、こんなにも多くの苦痛、こんなにも多くの不正義をこうむってきたあげくに、文章を書くことにしっかりと希望と救済を見出し、そこに自分を位置づけたやつに？　最後には、昔の奴隷体験記（スレイヴ・ナラティヴ）のように、自由へとたどりつくが、そこにいたるまで書くことがパワーだという意識を持ちつづける——それが飛翔し、やつをさらに引っぱっていく——しかし、書くことによって同胞たちが人種差別や経済的不平等を転覆させる手助けができるという信念は揺るがない。自分の自由がかれらの自由の獲得に手を貸すだろうと信じている。やつが書くような「人生」は、それをやつがどう呼ぶにせよ、ひとを動かし、悩ませ、鼓舞する、たしかにすでに書かれてはきた、もっと上手に、たとえばリチャード・ライトやクロード・ブラウンやマルコムXや、独特だったがエルドリッジ・クリーヴァー*によって。そいつらの自己発見にウィリーも助けられた。多くの黒人がおなじ悲惨なアメリカの冒険を生きている、しかし、それをユニークに語って文学にできるのはユニークな書き手だけだ。黒を色とか文化より豊かなものに、怒りを抗議やイデオロギーより大きなものにできるのは。ウィリーは小説のいいアイデアをもっている、しかし、必ずしもうまく組み立てられてはいない。効果的なフォームにもっていけていない。レサーには、的外れ、繰り返し、素材の未消化が目についた。配列や釣り合い、フォーカスのしかたもまちがっている。もっと工夫が必要だ。それに、うまく書こうとすることに気をとられすぎ、それゆえ、自分の書きかたに自信がもてなくなっている。やつはフィーリングで書いている、明らかに楽しんで書いている、なのに、そういうことに満足してはいけないとかんじている。やつはきっと知らないのだろう、やつの書きかたにはいわゆる文章作法への苛立ちがあらわれているのだということを。おれにそのことを指摘してもらいたいのだろう。するべきか――思っていることを言うか、それとも割り引いて言うか?――やわらかく、励まし、まずいところを正していくか、ここまでできているのだから。繊細な人間を傷つけたくはないし。しかし、ほんとうのことを言わなければ、やつの作品を良くする手伝いをしたことにならないのでは

＊ ライトは『アメリカの息子』、ブラウンは『ハーレムに生まれて――ある黒人青年の手記』、マルコムXは『自伝』、クリーヴァーは『氷の上の魂』が主著。

ないか？　それに、真実を伏せてしまうようなことをしたら、こっちが贋者（フェイク）ということになる。そういうことになったら、おれが書きつづけられないのでは？

○

二度読んでから、翌朝、ウィリーに原稿を返すさい、そっちの都合のいいときに作品について話し合おう、とレサーは言った。胸のなかのものを一刻もはやく吐きだしたかったが、強要はしなかった。ウィリーは、神妙な顔で、わずかに唇にうっすら笑みをうかべただけで、まるでレサーの言うことは聞いていなかったが唇が動くのを見てなにか言ったことはわかったといったふうで、無言でブリーフケースを受けとった。それに目をくれることも、レサーを見ることもなかった。レサーには、ウィリーが傷ついているように、傷つけられたかのように？――おれに？――見えたが、作家の読み違いであることもありえた。歯が痛いだけかもしれない、あるいは痔が――なにか個人的な問題のせいかも？　なんであれ、ウィリーの沈黙は、傷ついているからというより、苛立っている、それもたぶん自分に、と解釈した、原稿を読んでおかしいと思えるところがあったら言ってくれ、と頼んだことを後悔しているのではないか、と。しかし、まもなく黒人の唇がひらき、その重たげな目をゆるめてレサーの怪訝そうな目を見つめると、なにをしてくれたにせよ、してくれなかったにせよ、許してやる、といったふうに、よくひびく声で言った、「読んでくれてありがとう」それだけだった。そしてサッと消えた、鉄の塊のタイプライターとずっしり重い原稿を腕に抱えているのに、まるでパッとみごとに消える奇術師だ、とレサーには思えた。多才な男だ、ウィリー・スピアミント。

おなじ日の正午、リラックスした雰囲気で──葉巻をどこからか手に入れていた──ウィリーが言いに来た。「今日はあんたと話す時間がない、レサー。ビッチがじりじりしてる。おれたちのところで今晩パーティなんで、酒やらなにやら買い出しに行かなきゃならない、でも、一日か二日したら、あの小さな件、相談できると思う」

「いいよ、ウィリー、いつでもきみの好きなときでいい。都合のいいときで」アイリーンのところでのパーティに招かれていないことへの妬みが混じっていた。

怖いんだろうな、とレサーは思った。ビビってるんだろう。こっちだっておなじだが、正直なところ。ひとりの生身の人間に批評を加えるなんて、ひどい話だ、そいつの本がそいつの生身というわけではないのだし。しかも、色が付加されている。黒人なのだ、まちがいなく微妙な案件だ。レサーは、なんで関わってしまったのか、すこしイヤになった。前から警戒はしていた、なにかしてやらなくちゃならない羽目になるんじゃないか、と。事柄の性質上、色は重い。

どうだろう、メモを渡すようにしたらすこしは楽になるのでは？　紙ならば対面はないし──そもそも会う必要はないのでは？

つぎの日の朝、ゆっくりメモしていると──まだ十一時だったが、ウィリーのことが頭から離れず、はかどらない──黒人がノックした、ドアを蹴るのではなく。

レサーは起きあがり、気は重いがホッとした、ウィリーによって頭の上にのせられた舗道のレンガのような重荷を投げ出したくてたまらなかった。

ウィリーは伏し目がちで——さっさとタイプライターをテーブルの下に置こうとしていたから、明らかに仕事はうまくいってない——体をしゃんと伸ばしたときも、どこか強ばっているかんじで、つぎの手を打つしかないのだがその気になれないといったふうだった。立ったまま、しばらく窓をほうを見つめていた。レサーも見た。なにも見えない。

ウィリーはなおもじっと見つめていたが、やがてあきらめたらしく、なにを探しているのにせよ、見ていてもそこにはないといったふうだった。そこにあるものは——というか、あるものはこの部屋にある、と。その部屋で、かれは、たとえ何者であれ、まったく何者でもなかった。しかし、レサーといっしょにいるうちに、書斎の背のまっすぐな椅子に漆黒の彫像のようにすわっているうちに、だんだん、存在感が出てきて、だれかのピグマリオンではまったくなくなっていた。かれが自分を彫りあげていた。

○

レサーは、ソファベッドに前屈みにすわって、乾いた白い手のひらを揉みあわせる。

「なにか飲む?」

「くだらん前置きはいいからさっさと本題にはいろうぜ」

レサーは、予防線を張るかのように、読ませてくれと頼んだわけではない、とウィリーに念を押す。「そっちから頼んできたんだ。頼むんじゃなかった、こいつの言うことにはぜったいムカッとくるにきまってる、と思ってるなら、はじめないでやめにしたほうがいいんじゃないかと思うが、どうだ？　感謝はしてる、原稿を見せてもらったことについては」

「おれはもうムカッとしてるよ、そういう性格だし、そうする特権があるんだから、ともかくはじめよう、いいか？」

レサーは、相手がだれであれ反感を買うのは好まない、と言う。「なにごともじっくり考えるようにしてる。平和に過ごすのが好きだから」

「おれが反感をもつのはおれの特権だよ、それに、そんなにいろいろもったいをつけるなよ、まるでおれがあんたのご機嫌をうかがってるみたいに」

「わたしが言ってるのは、理性的に話ができないのなら、やめようってことさ。自分の本に何年もとりかかってきてそろそろ終わらせたいところにいるんだ。いまのわたしには平和と平穏が必要なんだよ。だからこそ、こんなところにもいる——いろんな厄介事に邪魔されずに仕事ができるからね。レヴェンシュピールはうるさいが、それには我慢できる。しかし、ほかのだれにもうろちょろされたりちょっかいをだされたくはない、どんな名目があろうがなかろうが」

「ぐだぐだ御託をならべてないで、レサー、白いケツをふりかざすのはやめて、さっさとほんとのことを言えよ。こっちはお説教なんて要らないんだ、あんたと議論する気はないんだ」

「同感だ、まったく」

レサーは作成しておいたメモを読むことを考えるが、それはやめて、言っておきたいことを言わせてもらうと言うと、ウィリーは、いかにも辛抱強そうに冷静に、なにも気にすることはないといったふりをしながら、緑のセーターの胸の上でごつごつした指を組んでいたが、まもなく不動の姿勢でいるのをやめて小さなもじゃもじゃのひげを撫でる。

レサーは言う、「まず言っておくが、まちがいなくきみは作家だ、ウィリー。本の両方のパート、自伝も小説五編も強力で感動的だ。なにか欠けているものがあるとしても、まちがいなく才能が光っている」

ウィリーはすこしバカにしたように笑う。「よしてくれよ、パパ、だれにむかって言ってんだよ？　本がうまくいってないのがわかってるやつにそんなこと言っても意味ない。さっさとクソみたいな真実を言えよ」

レサーは、出来はいいがもっとよくなる、それが真実だ、と言う。

「そんなことは前にあんたに言った」とウィリーは言う。「満足してないっておれは言わなかったか？　ほれ、頼んだ件にさっさと入れよ、どこでおれは道をまちがえた？」

「満足してないというんなら言うつもりだったが、ウィリー、それなりの理由があると思う。全体のフォーム*が十分じゃない。ひとつ欠陥があって、というか、きみの言いかただとぼやけてるところがあって、それが落ち着かないかんじになってきみを悩ませてる」

「どこからそうなってる？」

「自伝のそもそものはじめからだ。がんばっていないということじゃなくて、テクニックとフォームにもっと配慮が必要だ、あまりスマートな言いかたじゃないがね。もっとていねいに組み立てるべきだよ」

ウィリーは立ち上がる、呻く、そうでもしないとだれかに釘で椅子に打ちつけられてしまうかのように。

「教えてやるよ、レサー、あんたの言ってることはカスだ。まず、まったくまちがってるのは、おれの作品の分類のしかただ。あんたが言う自伝なるパートはまるっきり作り上げのフィクションで、つぎつぎ創作していったものだよ。そうよ、作ってるんだ。語り手はおれじゃない。あいつはおれの想像から飛びだしてきたやつで、ピュアでシンプルに出たり入ったりしてる。おれはな、ハーレムの百二十九丁目で生まれて、ブルックリンのベッドフォード・スタイヴェサントにママと六歳のときに引っ越した、南になんか行ったことはない、コニーアイランドに海水浴に行ったくらいだ。ミシシッピには一度だって行ってないし、あんなクソみたいなところ、行きたかねえよ。チタリン（豚の内臓を煮込んだり揚げたりしたもの）なんてものはいまだ一度も食ったことがない、ママもおれもあんなにおいには我慢ならないからな、食ってたら吐いてたろう。ミシガンのデトロイトで働いたこともないよ、まあ、実の親父は三年ほどトイレ掃除の仕事をしてはいたけどサ。それから、短編の四つだが、あれはめちゃくちゃ本当のことさ。ぜんぶ、おれの知り合いのブラザーたちに起きたことで、書いたことはみんなじっさいにあったことだ、こっちは正真正銘の自伝で、ほかのなにものでもない、そういうこと、まったくそういうことよ」

レサーは驚きを隠せない。

＊　言いたいことの伝えかた、アイロニーやパラドックスといった修辞のまとめかた。１９４０年代のアメリカの文芸批評を席捲したニュークリティシズムで広まった用語。

「本はトーンとしては自伝だよ、それが純粋なフィクションだとしても、ポイントはなにかがうまく行ってないってことだ、さもなきゃ、きみもわたしに読んでくれなんて頼んでこなかっただろう」

ウィリーは静かにていねいにきんたまのあたりを掻く。

「あんたを怒らすつもりはないけどサ、レサー、おれの本があんたの思ってたのとちがうふたつのものだとわかってもなお、なんで上から目線の白人づらして自信たっぷりに意見を言う？」

「ともかく、きみもわたしも手直しの必要はあるという点では一致してるんだから」

「手直しねえ」ウィリーは口真似する、濡れた目がギョロリと動く。「ケツがぺしゃんこになるくらい、さんざ手直しした。そりゃもう、悲惨なんてもんじゃなかった。こいつは第四稿だぜ、あとどのくらいやんなくちゃいけないんだよ？」

低い声が高くなった。

「まあ、もう一回」

「よく言うよ」

レサーはこんな揉めごとに首を突っこんだ自分に怒っていた、こうなることはわかっていたのだから。

「ウィリー」さすがにイライラして言う、「わたしも自分の本にとりかからなくちゃいけないんだが」

ウィリーの巨体がたわみ、漆黒の輝きがねばねばした黒に変わる。

「おれにへんなまじないをかけるなよ、レサー、かなしいことを言ってくれるよ、まったく。こっちの自信をぺしゃんこにして」

レサーは、そんなに悪くとらないでくれ、と頼む。「気持ちはわかる、きみの身になって考えた」

冷たい高慢な怒りで、黒人は答える。「白人のマザーファッカーがこっちの身になって考えることなんか、できやしない。これは黒人の本で、あんたにはまるっきりわかんないんだよ。白人のフィクションは黒人のとはおなじじゃないんだ。そんなことはありえない」

「黒人の体験をそのまま書いたって文学にならない」

「黒人は白人じゃない、ぜったいなりえない。黒人はどこまでも黒人だけのものさ。ユニバーサルなものじゃない、あんたはそういうことを言いたいんだろうけどサ。おれのかんじかたとあんたのかんじかたはちがうんだよ。あんたらに黒人のことは書けない、おれたちがどういう人間でどういうふうにかんじてるか、まるっきりわかってないんだから。おれたちの感情のケミストリーはあんたらのとはちがうんだ。わかるか？　そういうことなんだよ。おれが書いてるのは黒人のソウルで、このクソみたいな国でいまなお奴隷の、しかし、もう奴隷のままではいたくないと叫んでる黒人のことを書いてる。あんたにはわかりっこないよ、レサー、脳みそが白いんだから」

「きみの脳みそも白だよ。しかし、きみの経験が人間であることについてのもので、わたしのこころを動かしたら、きみの経験はわたしの経験になったってことさ。わたしのために作りあげてくれたってことだ。ユニバーサルってものを否定してもかまわない、ウィリー、でも消滅させることはできない」

「人間であること？　クソだ、そんなの。なんの得にもならない、おれたちにはまったくならなかった」

「いまは芸術の話をしてるんだ、フォームをおろそかにはできない、さもなきゃ、秩序も、たぶん意味もまったくなくなるから。ほかになにもないのはきみだってわかってるだろ」

「芸術なんか、おれのおいしいケツにキスすればいいんだ。あんた、なにが芸術か、知ってるか？　おれだよ、おれが芸術だ。ウィリー・スピアミントが、この黒人がな。おれのフォームはおれ自身さ」

ふたりはにらみあった、それぞれの目に相手の姿が映った、ウィリーはいきりたっていて、レサーは朝を無駄にした自分を呪っていた。

「おれもバカな黒んぼだったよ、あんたにおれの本を読ませたりして」

レサーはやけになり、究極の助言をする。「原稿をどこかの出版社に送って、ほかのだれかの意見をきいてみるといいよ、わたしのじゃ満足できないんなら」

「何十も、ネズミの脳のユダヤ人どもで試したが、みんな、突っ返してきたよ、馬のクソみたいな理由をどっさりつけて。やつら、怖いんだ、この本の言ってることが」

黒人は、両目を腫らしてレサーの部屋の壁に頭を打ちつける、作家は、喜んでなくもない目で、見守る。

レサーはすっかり傷んだ筏（いかだ）を浜に引きあげる。

女が砂丘にあらわれる。
幻だ、とかれはつぶやくが、しかし、たしかにいる。
足跡を残さないようにして、女の足跡を追う。
「もしも女が黒くて、さらに賢けりゃ
きっと見つける、黒にはまる白いのを」（「」のなかは、シェイクスピア『オセロ』の第二幕第一場、イアーゴがデスデモーナに言うセリフ）
ウィリー・シェイクスピア

かれには女がつかう言語も話せないし、自分が作りあげたのに女の顔もはっきり思いだせない、しかし、ふたりは一目でおたがいを理解し、すぐさまひしと抱き合う。

恋人たちは熱い飢えた草のなかに横たわる、カナリヤたちが上空のふわふわしたヤシの木のなかを飛びまわる。かれがいつも望んでいたように黒い女といよいよヤろうとすると、白い手がかれの肩にふれ、不本意にも目が覚める、マンハッタンの雪降る冷たい朝のなかにいる、みんなが言っているようによかったか、思いだそうとしている。

レサーはもういちど眠りたくてたまらず、目覚めたあと、気分も新たに眠る。浜の霧は晴れる。岸辺に寄せる海はグリーンで――彼方は紫、塩気をおびた空気は暖かく、海のフレッシュさがある。遠くで、ふくらむ海に雲のように島々が浮かんでいる。

砂丘に女を見つける、ひとりで踊っていて、裸の黒さが舞っている。女のもとに駆けよると、カラスがカアと鳴いて翼をばたつかせて女の股間に舞い降り、ふんわりとした黒い縮れ毛をくわえて飛び去る。

むしりとられた陰部を押さえながら、女は鳥に毒づく。

レサーに毒づく。

○

ウィリーがドアを叩く。

「レサー、おれのマシンを返してくれ。仕事にとりかからなくっちゃならない」

ウィリーが眠たげな目で顔を引きつらせて怒りを抑えながらタイプライターを引きずりだして

いったのは、二人の不幸な話し合いの翌朝で、サイレンが鳴ってても正午になってももどってこなかった。その日も、つぎの日の木曜日も姿をみせなかった。レサーはなんとなく心配になったが、探しまわることはしなかった。同志たる作家を落ちこませてしまったのか？　まちがったことを言ってしまったのか？　もっと上手に言うこともできたのだろうか？　言わなくてはいけないと思ったことを言っただけだったが、もっと遠回しに、フラストレーションをあたえないような、怒りを誘わないような言いかたで言えたのかもしれない、と思った。もっと威勢良く励ますことも、銅鑼を鳴らしあうみたいに言い争わずに済ますこともできたかもしれないが、そう簡単にはいかなかった、文章に書き手の薄い皮膚が、まして色がくっついているような人物が相手だと。

仕事のあと、レサーは廊下に出てウィリーの部屋まで行くと、ドアのところで耳を澄まし、なにも聞こえないと、なかをのぞいた。テーブルと椅子があったが、ウィリー・スピアミントもL・C・スミスも見当たらない。この建物から永久に出ていったのかな、と思った。部屋のなかを探索し、クローゼットをつぎつぎ開けていくうち、ベッドルームのクローゼットの隅っこの床の上にタイプライターを見つけた。どんと置いてあった、頼りなげに、無防備に。ウィリーはまだ動転してイライラしているのだろう、と作家は思った、さもなきゃ、タイプライターをこんなふうに放ったらかしにはしない。心配になった、浮浪者あたりが見つけて質屋に引きずって持っていったりはしないか？　ペンがあればやっていける自分とちがい、ウィリーは、修正するのに鉛筆をつかう以外は、つねにタイプで書く。タイプしていたほうがいい考えが浮かぶ、と言っていた。レサーはこのマシンを自分のところにまで運ぼうかとも考えたが、それをウィリーがよしとするかどうか判断がつかなかった。もどってきたら、いつでも預かるのに、と言うべきか、それとも、ほんのわずかな好意も、もうぜったい白人からは受けようとしないか？

タイプライターなど、忘れてしまうべきか？

週末、レサーは忘れていた。すっかり、というわけではなかったが。ウィリーのタイプライターのことはときどき頭にのしかかってはきた、しかし、おおむね忘れていた。

月曜の朝、長い最終章の要にとりかかっていたとき、夜の隙間から陽光がこぼれでるかのようにアイデアがあらわれるのを追いかけていたとき、十二本の忙しく動く手でその光をつかまえようとしていたとき——胸躍らすアイデアが生まれかかって七本枝の燭台のロウソク（ユダヤ教の祭式に用いる）のようにかれを照らしだそうとしていたとき、まさにそのとき、ウィリーがドアを力いっぱいに蹴ってきた。ドスン、トン、ドスン。レサーは唸りながら走っていってドアを開けた。ウィリーが入ってきた、マシンを引きずりこみ、なんの説明もなく置いた、テーブルの下に。

ようこそ、ウィリー、心配してたよ。

レサーは、花開きつつある光を逃さずつかまえ確保しようとしながら、その光が時の流れのなかでなにを照らしだすことになるかを予感しつつ、そういったことすべてを頭に叩きこみ、ウィリーに相対した。

額に紫の痣がある以外、すっかり回復したようすで、黒人はけらけらと笑った。

「ビルと呼んでくれ、レサー。書くときの名前はこれから本名にすることに決めた——ビル・スピアに」

それじゃ、ビルか、レサーは相手を気にしながらハハハと笑った。

「こないだのやりとり(ラップ)についてだが、ちょっと言いたいことがある」

汗ばみながら作家は、いまは聞いていられないという理由をいくつか捻りだしたが、しかし、口に出すところまではいかなかった。

かれが指関節を鳴らした。

「ほんの一分もかからない。言いたいことは、レサー、女の家の近くの図書館に行ってあんたの本を借りだしてきたってこと。二冊とも。二冊目のは臭いなんてもんじゃなかったよ」――鼻を大きく膨らませたのでレサーは思わず顔を赤らめた――「しかし、最初のやつは、正直言って、クールな名品だ。読んだあとなんだかぶつぶつ言ってたってアイリーンが言ってた。ほんと言って、レサー、あんないいものを期待してなかったんだ、あんたみたいな野暮(スクェア)なやつから」

そりゃどうも、とにかく、ありがとう、ビル。

「でも、いくつか、じっさいどうかなってところはあった、とくにひとつ」

たとえば？

「その本に出てくる黒人のシスターだ、正確に正しく書かれてない」

脇役で、彼女についてはあまり書くこともなかった、とレサーは言った。

「なんか、ほんとの黒人じゃないんだ」とウィリーは言い、「ちがうんだよ、まあ、あの子の雰囲気は好きだけどね。近づきたい性質はたっぷり持ってたから、おれもぶちこみたくはなったけど」

そんなような反応がもらえたってことはけっこうリアルなんじゃないのか?

「おれが知ってるリアルにあんなのはいないよ、ともかくまったく黒人じゃない。やることなすことが、ちょっとねえ、白人っぽくて、あんたが黒いペンキを塗ったたってかんじなんだ」

ということは、黒のなかの白にこいつはそそられたということ? とにもかくにも、こいつは本は気に入ってくれた。

レサーは、まるで料理途中のものが煮立って煮詰まってくるのを期待しているかのように、チラッと振り返った。デスクにもどり、朝に書いたページを見るが、言葉は見当たらない。

ウィリーも見たが、話しつづけていた、もぐもぐ。深い皺が額にあらわれた。ため息をつき、片方の手でもう片方の手をひっぱたき、窓の外の景色を確認し、それからレサーのほうに向いた。

「まあ、率直な話、いろいろ考えさせられた。あんたの本――二冊ともね――を読んでから考えてるんだが、おれの理解もちょっと変わったよ、あんたが説教してくれたフォームやらなんちゃらのこと、そういうものが書きかたに影響をあたえるってこととかについてな。たしかに、自分の本のなかにこうすればもっとよくなったんじゃないかというようなところはいくつかある、ビシッと決めたつもりだったのに言葉やアイデアがころころ動いてるようなかんじにどうしてなるのかよくわからないところもある。だからさ、レサー、書くことについて考えかたを変えようと思いはじめたんだよ、まるきりぜんぶじゃないけどな、そこんところは勘違いしないでくれよ。ともかく、なんか、前よりはずっと、そういうことについて考えるようになった」

ブラボー、ウィリー――ビルだっけ。

「どうした、気分、よくないのか?」

そんなでもないよ、とレサーは言った。

「腹でも痛い?」

いや。ちょっとばかし気にかかることがあるだけだ。

「考えかたを変えるって言ったが、黒人の書くものについての考えかたを白人のと比較して変えるってことじゃない。技術は大事さ、自分が言わなきゃならないことが言えるならな、しかし、おれはなりたくないのよ、できそこないの白人作家にも、黒人であることを恥じて、あるいは怖がって白人どもの真似をするような、白人のケツにキスする黒んぼにも。おれが黒人を書くのはおれが黒人だからさ、おれの言わなきゃならないことは、白人にはわかんなくても、黒人にはわかるんだ。そういうことよ。おれたちはあんたたちとはちがうんだよ、考えかたが、レサー。おれたちのやりかた、ありかた、書きかたはちがうんだ。白人の野郎が黒人のケツから黒い皮膚を毎日一枚ずつむしりとっているとしたら、だれかが『すわれ』と言ったとき、その言葉はおれとあんたとではちがう二つの意味をもつ、だから、黒人のフィクションは白人のとはとうぜんちがってくる。言葉がちがうんだよ、経験がちがうんだから。わかるだろ、あんたも。それに、おれたちは未来に立ち上がってくる人間たちだからな、白人たちがおれたちを抑えこもうとすれば、もう秘密でもなんでもなく、おれたちはあんたたちの首を掻っ切るだけだ。いままではあんたたちの時代だった、しかし、これからはおれたちのものさ。そのことをおれは書きたい、黒人の技術で書きたい、できるかぎり最高のやりかたで。言い換えると、レサー、おれはあんたの知っていることを知りたい、そして黒人だからこそおれが知ってることをそれに付け加えたい。つまり、白人からなにかを学ばなきゃならないのは黒人としてもっとうまくやるためで、それ以外に目的はない」

ビルは、まずは片方の大きな拳に、それからもう片方にも息を吹きかけた。額に二本、皺ができた。

ビルはレサーに、あんたが読んでくれた本はいったん脇に置くことにして――いずれまたとりかかるつもりだが――新しいものを書きはじめたい、子どもの頃からずっと頭の隅にひっかかっている想い、自分の人生がおぞましくて変なものになっていることと皮膚の色はどう関係しているのか、それを理解しようと思う、と言った。

「黒人の子どもとそのママについての話だよ、ふたりは燃え尽き、足を引っぱり合い、しまいには殺し合うことになるんだが、そうなる前――子どもは男の子だが――家を出て、白人に復讐をすることになる、まあ、暴動みたいなもののなかでか、自分なりのやりかたでね、白人が自分のいろんな苦しみの原因だからさ。まあ、白人を二十人撃って、サツに捕まるんだ。おれが言いたいポイントは、レサー、あんたにはわかんないかもしれないが、黒人が突き進むべき道はこれしかないっておれは思ってるってこと――白人たちをつぎつぎ殺していけば、そのうち、生きている白人どもは、自分たちはなんてまちがったことをしてきたことか、もうそんなことはしないようにしよう、と気づいて苦しくてゲロでも吐くようになるだろうってこと。だから、あんたにはさ、レサー、おなじ作家同士じゃなかったら頼んだりしないんだが、おれが展開する中身の主題を批評することになんか時間をつかわず、おれがやってること、おれが考えてることをどうすればベストなかたちで書けるか、教えてほしいのよ。そのフォームについてだけね、言い換えれば。わかる?」

レサーは、自分の本に新しい光があたるのを夢見ながら、暗い思いで、ビル・スピアという死刑執行人志願が血なまぐさい寓話の産婆になってくれと要求してくるのを見つめていた。

レサーは、それはいい考えかどうかわからない、と言った、先日の話し合いはあんなふうだったんだし。主題とフォームは切り離せないんだよ。もしもひとつかふたつ批判的なことを言ったりしたら、首を掻っ切られる心配をしなくちゃいけなくなるのかな?

そう言った後、言わなければよかった、と思った。自分の仕事にかかれないのでピリピリしていた。

「ベイビー」ビルはいきなり怒りだした、「なに、ぶつくさ言ってんだよ。読みたくないっていうんなら、いいよ、やめな」

ドアを叩きつけて出ていった。

レサーはしばしホッとしてデスクにもどると、最終章への新たなアプローチにかんして長いメモを書こうとした、が、腰をおろすとまた立ちあがり、黒人を追いかけて部屋まで行った。

イライラしていて悪かった、とあやまった。ついひどい口をきいてしまった、ウィリー――いや、ビル、申し訳ない。うまくやっていけると思うよ、きみの目的が作品の芸術的な質を高めることだというのなら。きみの考えかたを好きになれとはだれも言ってないんだし。

「あんたがどういうやつかはわかってる、レサー」

レサーは、自分の書く時間がなくなりそうでナーバスになっていた、と弁解した。でも、できれば手助けしたいとは思ってる、最高の作家になりたいというきみの野望にはすっかり感心したから、ほんとに。

ビルは落ち着いてきた。

「あんたに頼みたいのは、レサー、おれが何章か書いたら、それを見て、そして、フォームにかんしてちゃんとしてるかしてないか、それだけ言ってもらいたいってこと。言ってくれればいい。あんたが正しいかどうかは、自分で決める。のこのこあんたの言いなりになるつもりはない、わかるよな」

レサーは、きみも多少は我慢してくれ、こっちもがんばるから、と言った。

「で、もし、ちょっと余分な時間があったらさ」とビルは言って、両手をオーバーオールの胸当てで拭き、「文法的なこともきちんとしたいのよ──名詞節とかそんなようなこと、おれの知り合いたちにとっちゃどうでもいいことなんだけどサ。でも、そういうことは知っていて損はないと思うのよ、まあ、おれのスタイルをむちゃくちゃにするようなことはしたくないけど。なんていうか、あんたの書きかたは気に入ってる、レサー、クズがひとつもない、でも、あんたのような書きかたはしたくない」

レサーは、文法には力を貸す、と言った。読ませてもらって、興味をひかれたところがあったら、それについて話し合うこともできるかもね、仕事の後で。

「よし」

ふたりは握手した。

「あんたとダべるのは好きだよ、レサー、あんたは嘘つかないし。けっこういっしょに楽しくスウィングしてるよ、おれたち」

レサーに、スウィングしている自分が見えた。

やっと急いで仕事にもどった。ひらめいていたアイデア、なんとかエンディングにつかえそうだったはずのものは、なんであったにせよ、墓標もない墓に埋もれてしまっていた。

○

ウィリー・スピアミントはビル・スピアになると、仕事の時間を数時間増やした。正午にレサーの部屋に重そうにマシンを運んでくることはなくなり、随時、もっと遅い時間に、三時や三時半にあらわれて、ときにはキッチンテーブルにすわり、暗くなっていく空をじっとながめていた。新しい本にとりかかったもののまだ自信がないんだろう、とレサーは読み、ビルがなにも言わないのでなにも訊かなかった。

文法については、名詞節や動名詞や動詞状形容詞について一、二度話し合ったが、ビルはすぐに飽きた。文法は言語の命を殺す、と言って、見向きもしなくなった。代わりに、ペーパーバックの辞典をつぶさにながめるようになり、ノートに言葉をリストアップして、それらの意味を暗記した。

午後にレサーのドアをノックしたあとも、とどまって一杯飲みながらレコードを聴いていくときもあった。黒人は音には反応した。聴いているうちに、体が一インチほど開き、顔には静穏と純真の表情がうかんだ。とびだし気味の目は閉じ、唇は音楽を味わっていた。ところが、レサーがベッシー・スミスをかけると、ソファに体を伸ばして落ち着かなくなり、虫にでも嚙まれたみたいに身をよじらせた。

「レサー」と、怒りが少しずつこみあげてきたかのように、ビルは言った、「そんなレコード、処分しろよ、割るなり、捨てるなりしろ。あんたにはどうせどう聴いたらいいか、わかんないんだから」

議論するのはやめて、レサーはなにも言わなかった。ターンテーブルからレコードをはずし、代わりにロッテ・レーマン（ドイツ生まれのソプラノ歌手）が歌うシューベルトの歌曲をかけると、ビルはごつい指を胸の上で組んで、満足げに耳傾けた。

「いいやつだよなあ、シューベルトは」歌がうたわれているあいだ、ビルは言った。それから立ちあがると、腕を伸ばし、指をくねくねさせ、あくびをした。レサーの鏡に映る自分の顔を淋しそうに見て、引きあげていった。

「まったく、なんでだよ」翌日の午後、ビルは言った、「あんたはどうして毎日そんなにクソ長く仕事をしてられるんだ?」

「変わらず六時間だよ、毎日」と作家は答えた。「それを何年もやってきた」

「もっとだと思ってた。うん、あんたを見ながら、こいつは十時間は最低やってると思ってたよ。おれはサ、いまは七時間近くやってて、もうほとんどケツを拭く時間もないくらいになってる。そうやってて最悪なのは、すわって書くこと以外、なにもしたくなくなるってこと。それが怖くなってきた」

レサーは、自分とおなじ時間をやれとは勧めない、と言った。書き手はそれぞれ自分なりのリズムを見つけるのがいいよ、と。

「リズムについておれに言うか？　余計なお世話だ」

「前のスケジュールにしたほうが落ち着くんじゃないのか、正午にやめるという」

「ひとがしっかりはじめようという気持ちを固めたときにそれをやめろなんて言われちゃ、いい気がしないな」

その濡れた目に窓が映った。

「わたしが言いたいのは、わたしの仕事のやりかたが必ずしもきみのやりかたではないってことだよ」

「知りたいんだけどな」とビルは言って、「あんたは書くこと以外に人生からなにを得てる？たとえば、自分の生理はどうしてんだよ？　たとえば、肉棒は？　女はいないだろうからさ、自分の手以外で、いったいだれとファックしてるのよ？」

レサーは、時に応じてなんとかやってる、と言った。「ときには甘いサプライズもあるし」

「サプライズの話なんかしてない。人生の話をしてる。チェスや腕立て伏せ以外に、なんか楽しみはあるのか？」

あってもいいんだろうけどね、とレサーは認めた。本ができあがったらもっとなにかしたいもんだ。

「前払い金がそこそこの額だったから、ロンドンやパリでたぶん一年は暮らせた。しかし、まずは仕事をしなくちゃ、芸術家としてやらなくちゃいけない仕事を――つまり、自分の本の力を実現させなくてはいけない」

「あんたの話しっぷりやふるまいはサ、まるで牧師かくだらねえラビなのよ。なんで書くことをそんなに真剣に考える?」

「きみは考えない?」

「あのサ、あんたがそのことについてごちゃごちゃ言うもんだから、おれはすっかり引きずり倒されたよ」ビルは叫び声になってきた。「あんたにはもうめちゃめちゃにされた、楽しみもどっか行っちゃった、いままではずっと楽しく書いてたのにサ」

その晩、かれは自分の部屋に小便の染みのついたでこぼこのマットレスを運び入れた、遅くまで仕事をしたら泊まればいいと。

○

レサー、ハーレムに遊ぶ、の図。

ウィリーに頼んだのだった、スペアリブのバーベキューとコラードとケールとスイートポテトパイのソウルフード・ディナーをだすレストランに案内してくれ、と。しかし、無理だ、と黒人は言った、無理じゃねえの。そこでレサーは単身ソウルシティにパラシュートで降下した。
百三十五丁目よりも北の八番街を歩いている自分がいる、アップタウンの広大な黒い海をひとり漂っている、まわりは、まぶしい色の帆をたてた小さな船や、色とりどりの鳥や、いろんな色合いと体型のブラザーやシスターでにぎわっている。ともかく、そこをニコニコ顔で歩いていく、書くことについてはいっさい考えず、このエキゾチックな小さなシティの暖かく晴れわたった日の景色とサウンドにうっとりしつつ、出会いを待つ、男でも女でも、若いのでも年寄りでもいい、そう遠くない昔にみんながやっていたように「ピース、ブラザー、ピース！」と挨拶したいのだ、しかし、いまはだれもしない、赤いドレスの太ったレディは目のぱっちり開いた羽根をむしられた死んだニワトリを網の買い物袋にいれてガハハと笑うだけだ、レサーが麦わら帽子をちょいとあげて、今年と来年の平和と繁栄をお祈りします、と声をかけても。ほかの通行人は無視するか、さげすむようにあざける。

目立ちたがりの白人のクズが。

白のスパイが。

ユダヤ人が。

よそ者と呼ばれたら、よそ者だ。レサーは、わたしはなにもしてない、と訴えつつも、引きあげるプランをあわてて練る。

と、そのとき、メアリー・ケトルスミスがオレンジ色のニットのミニの、完璧なプロポーションの生脚で、踊るように近づいてくる、いっしょにいるのはサム・クレメンス、ヤムルカ（正統派の

（ユダヤ教徒がかぶるスカルキャップ）に黄色のダーシーキ（アフリカ系の黒人の男が着るゆったりした長めのシャツ）に身を固めた、まるでメフィストフェレス、一言も聞きもらすまいとふたりの話に頭を近づけてはくるが、自分は一言も発さない。

今夜はお楽しみ？　メアリーがレサーに親しげに尋ねる。

いつだってこうやってリラックスする、書いてるから。いっぱい仕事してると、長い時間やってると、ピリピリしてくるから。

黒いおまんこでって意味だけど。

したくないこともない、とレサーは言う。

緑のやつ（ドル紙幣）はどのくらいある？

サムがいかにも神妙に、うんうん、とうなずく。

カネ？　レサーは青ざめる。友情と好意から誘われたかった。

サムが八インチ（20センチ）の真珠母張りの飛び出しナイフをパチンとあけると、レサーは三番街に近い三十一丁目の自分のデスクで夢想を振りはらい、孤独な文章の歩みにもどる。

○

ビルが、また一日えんえんとぶっ叩くよ、と言ってタイプライターを持っていってから一時間もたっていないのに、わびしい二月の朝、ドアを蹴飛ばす音が聞こえ――というか、音をかんじ――レサーは、悪態をつきながら、またしてもビルの黒い頭か、と思いつつドアを開けると、ドアにねじこんできたでかい足とレサーをにらみつける冷たい目の主は、だれあろう、青白い顔のレヴェンシュピールだった。

「ホルツハイマーの古巣にいるゴリラはだれだ？」

「どこのゴリラ？」

「とぼけるなよ、レサー」家主は低音をひびかせた。「キッチンのテーブルにタイプライターがあった。それと、一口か二口かじったリンゴと、ベッドルームには小便のにおいのするマットレスがあった。どこに隠れてる？」

レサーはドアを大きく開けた。

レヴェンシュピールはぼってりした手をドア枠に置き、言いにくそうに言った。

「あんたの言うことは信じるが、教えてくれ、だれだ、そいつは？」

「あらわれたり、あらわれなかったり。だれかは、まったく知らない」

「なんだか作家みたいだ。くしゃくしゃに丸めた紙が二、三個、床にころがってたんで読んだ。ハーレムの子どもについてだった。だれだ、黒人か？」

「わからない」

レヴェンシュピールは顔をしかめた。

「私有財産への無断侵入だ、そいつがだれであれ。叩き出してやると言ってた、と伝えといてくれ」

レサーは家主に、おたくはこっちの執筆時間に無断侵入してるけど、と言った。

レヴェンシュピールは、片足をまだ敷居にのせたまま、声をやわらげた。

「で、仕事の調子はどうなんだい？」

「進んでるような、進んでないような。邪魔が入りすぎる」

「どうだろう、千五百ドル出すと言ったら、考えてくれるか？　頼むよ、純金なみだと思うが」

レサーは、考えとく、と言った。レヴェンシュピールはため息をついて足を引っこめた。

「わたしが抱えてるトラブルについて繰り返す気はないが」

「やめてくれよ」

「わかるだろ、女の病人三人に絡みつかれてどんなに大変か、あんたは作家なんだし、レサー。わかるだろ、人生は細々したペテンばかりでうんざりだ。だから、頼むよ、正義（ヨイシェ）を、お願いだ。わたしはそんなに悪い人間じゃない、だから、頼むよ、正義（ヨイシェ）を」

「がんばってスピードだして書いてるんだよ。あんたにわいわい言われると調子が狂ってくる」

「それがおたくの最後の言葉？」

「最後までもうちょっとなんだよ。最後はこっちが探してる、しかし見つからない。啓示を待つしかないのかも。お願いしたいのはこっちのほうだよ」

レヴェンシュピールはきつい口調で言った、「黒んぼのお友だちに伝えといてくれ、警官を連れてもどってくるって」

「自分で言え」レサーはドアを閉めた。

拳がドアに飛んでくるのでは、と待った。しかし、聞こえてきたのは防火ドアがバタンと閉まる音だった。廊下に出て、耳を澄ますと、その重いドアはわずかに開いていて、家主のペタペタいう足音が階段をおりていくにつれてだんだん小さくなっていくのがわかった。

ビルの部屋をのぞいた。ホッとしたことに、L・C・スミスは、なにも書かれていない卵の黄身の色をしたざら紙をキャリッジにはさんだまま、テーブルの上に堂々と鎮座している。明らかに、重すぎて、レヴェンシュピールには五階分下ろすことはできなかったのだが、いずれきっとだれかを取りによこすだろう。

レサーはマシンを自分の部屋に運びこみ、バスタブのなかにそっと置いた。それからもどって原稿を探したが、なかった。未使用の紙の束と、クリップやちびた鉛筆や消しゴムの入った箱をかき集め、床の上に丸めた紙が盛りをすぎた明るい黄色い花のように散らばっているのをズボンのポケットに急いで押しこんだ。

そして書斎にもどって万年筆をとった。

ビルがドアをノックした、顔が灰色だ。

「タイプライターのリボンを探しに行ってた。おれのやつ、だれが持ってった、あんたか、レサー?」

「そうだ。レヴェンシュピールがきみがつかってるのを見つけたんだ、警官を呼びに行ったよ」

「なんで? おれがあいつになにかしたか?」

「侵入」

「こんな臭いところだってのに?」

「追い出したい作家はいままでひとりだったのが、ふたりになったってことだ。それに、馬鹿にされたと思ってるんだろう――きみは家賃を払ってないから」

「ユダヤ人のケチな家主だぜ、まったく」

たらこーたらはやめろよな、「ウィリー」

「ビルだよ、おれの名前は、レサー」黒人は言った、目が赤くなっている。

「わかったよ、ビル、しかし、ユダヤ人のあー
ビルは窓の外をながめてから、レサーを見た、額に皺が寄っている。

「あんたがおれだったら、どうする？」

「いまはここにいろ」レサーは提案した。「レヴェンシュピールの車がまだ道の向こうに駐まってる。きみのタイプライターはここにあるんだから、ここで仕事をすればいい、わたしはわたしで勝手にやるから。キッチンのテーブルをつかえ。あいだのドアは閉めるよ」

「おれの部屋のおれのデスクと椅子が心配だ。トラブルはいやなんだ、うまいかんじで調子よく書けるようになってきたんでサ。リボンが切れなかったら、今日はとんでもなくはかどってた」

防火ドアがバンと鳴った。廊下で声がした。

レサーはビルに、バスルームに隠れろ、と指図した。

ビルが喉に筋をたてて答えた、「やだね、どこにも隠れたくない」

レサーは、テーブルと椅子をべつな部屋に移したかったがそうしたらかえってレヴェンシュピールがその行方を追うだろうと思ったんだ、とささやいた。

「屋上まで運ぼうかとも考えた」

「いろいろ考えてくれて感謝するよ、レサー」

「ともに作家だろ、わたしたちは、ビル」

黒人はうなずいた。

まちがいなく警棒がドアをドンドンと叩いてきた。

「開けろ、警察だ」

ビルはレサーの書斎に滑りこんだ。

作家はドアを開けた。「ベルはまだつかえるよ」とレヴェンシュピールに言い、警官には、用件はなんですか、と訊いた。

「法にもとづいた用件だよ」家主は言った。「おたくのお友だちが無断侵入している部屋の家具は破壊した、しかし、わたしが見たそいつのタイプライターは、レサー、おたくが持ってるんだろ?」

「鼻高々だね」

「わたしの権利はわたしの権利だよ、このろくでもない街では家主の権利というのがすっかり希薄になっちゃってるがね。おたくになにか弁明しなくちゃいけない理由なんかないと思うけど。これからこの建物の部屋ぜんぶを調べさせてもらう、で、もしもおたくの黒人のお友だちがどこにも見つからなかったら、ここに隠れてるってことだ」

「入りたいんだったら、捜索令状を持ってくるように」

「もちろんだ、そうするよ」警官が言った。

三十分後、ビルは頭の下で両手を組んでソファに横になっていたが、書斎の窓から作家がながめていると、レヴェンシュピールはオールズモビルで走り去っていった。警官は道路の向こう側にじれったそうにさらに十分ほど立っていたが、やがて腕時計を見ると、おろした緑のブラインドごしにレサーがのぞいている窓にチラッと目をやり、それからあくびをして、ゆっくりと立ち去った。

ビルとレサーは急いで部屋に向かった。破壊されたテーブルと椅子――テーブルの脚は引っこ抜かれ、椅子は叩き割られていた――と切り刻まれたマットレスを見て、ビルは、顎と唇を引き締め、ぶるぶる体を震わせ、しまいに片手で目を拭った。レサーは、プライバシーを重んじて、自分のデスクに引き返したが、こころ乱れていて仕事はできなかった。

あとで、ビルに、どうする、と訊いた。

「どうするもこうするもない」ビルは苦々しそうに言った。「女とはくだらない喧嘩をしたからあそこにはもどれないしサ、少なくともしばらくは」

「明日はここのキッチンで仕事をするといい」レサーは、ほんとうは気が進まなかったが、なんとか克服して言った。「そこだと密室恐怖症になるっていうんなら、リビングにテーブルを持ってきてもいい」

「そこまで言うんなら」ビルは言った。

その晩、レサーはよく眠れなかった。客がひっきりなしにやってくる。おれの本にかけられたこの奇妙な呪いはなんなんだ、終わらせるためのまともな条件が得られないなんて？

しかし、朝になると、こころは決まっていた。なんとかしてビルが仕事ができる場所をどこかに見つけてやろう、と。ふたりは朝食をとった。ビルは、鬱々としてはいたが、卵三つとサーディン一缶とコーヒー二杯とロールパンをがつがつ食べた。レサーはオートミール一皿とブラックコーヒー一杯をなんとか流しこんだ。作家はビルに、三番街の中古の家具屋をまわって必要なものを探そう、と提案した。

「おれ、素寒貧なんだ。アイリーンとおれはそのことでもよく喧嘩してるのよ。あいつの新しいショーも延期になったんで、よく突っかかってくるのは、自分の親父もカネなんか無頓着だったくせに、カネが入ってこなくなったときのことを考えろってことでサ、仕事に就けってせっつきやがる。おれは言ったんだ、『おまえなあ、おれは新しい本をスタートさせなくちゃいけないんだ、奴隷みたいな真似はやってられない、書くことをやめたらおれじゃなくなるんだよ』おれが信頼できないっていうんなら、おれはほかのビッチを見つける、そう言ってやった」

「カネのことは忘れろ。銀行にまだいくらかあるから」

「それはいいね、すてきだよ、あんた、レサー。しかし、あんなガサ入れのあと、またテーブルや椅子を持ちこめるのか？　あのクソどもが今日またもどってきたら、どうする？」

レサーはうなずいた。「一日、二日、待とう。そのあいだはここで仕事をすればいい、わたしは自分のデスクでするから」

「オーケー」

二日ほど落ち着かなく過ごしたが、レヴェンシュピールも警官ももどってこないので、仕上げのしてない楓（かえで）のテーブルと、籐（とう）の座の固い黒い椅子と、折りたたみ式の簡易ベッドと、大理石の台座にのった房飾りのついた古めかしいフロアランプをビル用に買った。レサーは、一、二階下に移動したほうがいい、と勧めたが、ビルは、下は景色がよくない、と反対した。

「こんなところに景色なんかあるのか？」

「おれ、屋根を見てるのが好きなんだよ」

それでも、廊下の反対側のミスター・アニェロの部屋だったところになら移ると乗ってきたのは、そこのトイレはときどき流れるからだった。

夜に新しい家具を階段をのぼって運んだ、サム・クレメンスとその友人のジェイコブ32が手伝った。ジェイコブ32を、穏健な紳士だ、とビルは言ったが、レサーは落ち着かなかったし、おどおどした目つきに細い口ひげのジェイコブ32もレサーの前で落ち着かなかった。

四人は、レサーの箒と濡らしたモップで部屋を掃き、モップをかけた。作家はビルに、使い古しのアフガン編みの毛布をベッド用に進呈した。

翌日の午後、ホルツハイマーのドアにタイプで打った注意書きが貼られていた。侵入ならびに不法入室は罰金ないしは逮捕！　アーヴィング・レヴェンシュピール　家主！

家主は、幸運にも、まだアニェロの部屋をのぞいていなかった。しかしビルは、新しい持ち物のことが心配になり、四階のそんなにひどくない奥の部屋、レサーの反対の側にあたるところに移るのに同意した。ビルと作家で家具を移動した。ビルは毎日、日曜日もせっせと書いたが、一週間たつと、アイリーンと仲直りして彼女のアパートにもどった、週末だけ。

「なんか、会ってないウィークデイはかなりはかどるよ」ビルはレサーに言った。「第一章はけっこう楽勝だった。おまんこを見ちゃうとおまんこやりたくなるんだが、ここんとこは、あいつ、しょっちゅうオシッコに行きたがるんで、それもそんなに問題じゃなくなってサ」

「オシッコ?」

「膀胱炎なんだよ、だから入れらんない、バイ菌が侵入するんだってさ、そうなったら一日中オシッコしっぱなしになる」

「ほんとに?」

「そう言ってた。アイリーンはよくそうなるらしい。ガキの頃からずっとらしいよ。それとか、ほかにも問題はいろいろあって、おかげでこっちは我慢させられてるが、まあ、そういうのがあいつだってことなんだろうサ」

「どんな問題?」

「どうしようもないくらい黒人恐怖症のコだったんだよ、おれが引っかけたときは。なんにも信じられるものがなくてサ。おれがまっとうにしてやったんだ、おれが見本になって。おれは自分の黒さを信じてるから」

「で、彼女はいまはなにを信じてるの?」

「おれ、自分以上におれ。それからときには神、おれは信じてないけどね」

彼女の話はそれで打ち切りになった。

「いまは、おれ、一所懸命書いてるよ」ビルはレサーに言った。ワイヤーフレームの青みがかった眼鏡をかけ、伸びてきたもしゃもしゃの口ひげもヤギひげとよく合っていた。

ビルは、W・E・B・デュボイスとマルコムXとブラインド・レモン・ジェファーソンの写真[*]を新たに自分の仕事場になったキッチンの壁に貼っていた。仕事場としては悪くないかも、とレサーは思った、少々殺風景で階上の部屋ほど陽は入ってこないが。陽光にうっすらと影がかかるのだった。

ビルの新しい家具をレヴェンシュピールが見つけるのもそう遠くないだろう、とレサーには気がかりだったが、赤と白のカーネーションを六本いれた瓶をビルの新しい仕事場の棚に置いた。「新しい本に幸運あれ」とタイプ用紙に大きな字で書いた。花を置いたのは、ある意味、ビルが自分の部屋から出ていってホッとしたからでもある。もう一年も仕事をしていないような気分になっていた。

ビルは、おそらく、カーネーションにとまどい、ありがとうというようなことはなにも口にしなかったが、ただ、一度、レサーの血にも黒人のが混じってるかもよ、とだけ言った。

大昔のバビロニア[**]で、黒人奴隷はイスラエルの地から来た白人のビッチとやってるんじゃないのか？

○

ビルは最近書きはじめた小説の第一章を作家に見せたがった。レサーは、まだいい、と遠慮したが、ビルは、見てもらえるとうまくスタートできているかどうかがわかって助かる、と言った。シーンはいくつかべつな小説からもってきてはいるがまったく新しい本だし、舞台はミシシッピからハーレムに移したし、話もほとんどそこで展開することになったので、と。ビルはレサーに、目の前で読んでほしい、と頼んだ。ビルがレサーのアームチェアにすわり眼鏡を拭いて膝に置いた新聞をながめるそばで、作家はたてつづけに煙草を吸いながらソファで読んだ。チラッと様子をうかがうと、ビルは大量に汗をかいている。急いで読みながら、レサーは気に入らなかったらウソをつくことにしようと考えていた。

しかし、その必要はなかった。『ある黒人の本』と仮の題のついた小説はハーバート・スミスの子ども時代からはじまっていた。最初のシーンでは五歳くらいで、章の終わるあたりでは九歳になっていたが、しかし、実のところは老人だった。

最初のシーンは、ある日、その子が家の近所からふらりと白人たちが住むところに出かけていき、帰り道がわからなくなるというもの。だれも話しかけてこないが、年老いた白人女性が自分の家の一階の窓から、縁石に腰をおろしているその子を見ていた。

＊　デュボイスは20世紀初頭に『黒人のたましい』で黒人について深く考察した。マルコムXは黒人解放運動の急進的な指導者で1965年に暗殺された。ジェファーソンは1920年代に活躍した盲目のブルーズ・シンガーで後の多くのアーティストに影響をあたえた。三人とも黒人。

＊＊　紀元前6世紀、古代イスラエルのユダ王国（現パレスチナ南部）のユダヤ人は新バビロニア軍に捕らえられ、バビロンに強制移住させられたが、その地には多くの奴隷がいた。

「ぼうや、あんたはだれ？　名前は？」

子どもは答えようとしない。

午後、その白人女性は老人臭をただよわせて家から出てくると、子どもの手をとって警察署に連れていった。

「この子、迷子です」と言う。

子どもは、白人の警官たちにいろいろ訊かれても、答えようとしない。とうとう黒人の警官が呼びだされて、どこから来たのか、尋ねた。

「口はきけるよな、ぼうや？」

子どもはうなずく。

「それじゃあ、どこに住んでるのか、言ってごらん」

子どもは答えようとしない。

黒人の警官は、牛乳のはいったコップをもってきて飲ませると、子どもを持ちあげて車に乗せ、ハーレムに向かった。ふたりで通りから通りを歩き、警官はアパートの入口の階段にたむろしている連中に、この子を知らないか、と訊いてまわった。だれも知らなかった。そのうちやっと、太った黒人の女性が、涼しいのに団扇であおぎながら、知っている、と言った。そして二ブロック先のアパートまで案内し、ここがこの子の家よ、と言った。

「ここに住んでいるのかい？」警官は訊いた。

「そうよ」太った女性が答えた。

子どもはなにも言わない。

「頑固なやつだな」と警官は言う。「自分の子だったら、お尻をひっぱたいてるぞ」

アパートの最上階の部屋に母親が酔っ払ってベッドに転がっていた。素っ裸で、毛布で体を隠そうともしない。

「あんたの子？」

女は顔をそむけてしくしく泣いた。

「あんたの子か、と訊いたんだが」

女はうなずいてしくしく泣いた。

警官は子どもをそこに残して階下におりた。

女はしくしく泣いた。

子どもはカビ臭いパンに異臭を放つラードを塗り、下の道路までおりていって、食べた。


その章の最後のシーンでは母親に客がいる。一日おきに、夜、立ち寄るのである。……そいつは白んぼなのに黒んぼみたいにしゃべるのが好きなやつだった。でたらめな黒人弁だったが、そうしてると気持ちがいいらしい。南部ではなくて、ペンシルヴェニアのスクラントンの出身だ。ママのところに来るのはママは一ドルしか請求しないからで、ちょっと前まではタダでやってた。そしてママも言いなりになってた。ときどきサンドイッチ用のパンや桃の缶詰やサヤインゲンやぐじゃぐじゃのフルーツ缶をテーブルに置いていった。覚えているのは、そいつが置いていった缶詰のトマト・ペーストをママがパンに塗ってぼくに食べさせてくれたこと。ときどきそいつはラッキーストライクをママにくれたりもした。その頃ママはたぶん二十七歳で、ぼくは九歳。近所でそいつは「ゴムチンポ」と呼ばれていた。ひょろ長いのっぽの白人で、脚が長く、チンポがでっかい。それを引っぱりだしてぼくに見せては、ぼくが怖がるのを楽しんでた。大嫌いだったから改造モデルガンで殺そうと思ったこともあるが、それも怖かった。母親には、家に近づかないほうが身のためだ、と言って、と頼んだが、いっしょにいてもわたしは気にならないよ、と言われただけだった。

「あいつ、今晩来るの?」ぼくはママに訊いた。

「まあ、たぶん」

「死んで来なくなればいい。この部屋に来たら、ぼく、殺したい」

「そんなこともう一回言ったら、石鹸でおまえの口を洗ってやるからね」

「ぼく、なにも恥ずかしいこと、してないけど」

「あのひとはほんとにやさしくしてくれる。先週もかわいい靴を買ってくれた」

靴なんか買ってくれてないことを、ぼくは知ってる。

出かけて夕飯に帰ってくると、そいつがいて、ラッキーストライクを吸ってた。

「エルシーはどこ行った?」そいつは黒んぼみたいな口調で訊いてきたが、知らない、とぼくは答えた。

そいつは魔法でもかけるような目つきでぼくを見、クソみたいにニヤけてベッドにすわった。

「そんなら、待つ」

そして、こっちに来い、痛めつけたりはしないから、と言った。

怖くて吐きそうになり、ちょっとでも動いたらウンコをもらしちゃうんじゃないかと思った。母親には早く帰ってきてほしかった。帰ってきてくれたら、ふたりがなにをしてもかまわないから。

「こっち、来い、ぼうず、ズボンのジッパー、さげてくれ」

したくない、とぼくは言った。

「やってくれや、そしたら十セントやるぞ」

ぼくは動かなかった。

「そんなら、二十五セント追加だ。ほれ、ジッパーさげれば、十セントと二十五セントはおまえのもんだ。硬貨二個とも」

「出さないで、お願いだから」ぼくは頼んだ。

「そんなら、口をでっかくあけて、唇で歯をかくしてみろ、こういうふうに」

どうやって歯をかくすのか、そいつはやってみせた。

「やるから、黒んぼみたいにしゃべるのはやめて」

そいつは、わかった、おまえはかしこい、好きだよ、と言った。

白んぼのしゃべりかたになっていた。

レサーは、力強い章になっている、と言い、ほめた。

「フォームはどうだい？」

「フォームはいいし、よく書けてる」それ以上は言わなかった、そう約束していたので。

「わかったよ。力強い黒人の文章だってことね」

「よく書けてて、こころにふれるものがある。いま言えるのはそこまでだ」

ビルは、つぎの章では子どもの黒人意識に深く入っていきたい、と言った。欲望と破壊への熱はもう出はじめてるけどね、と。

ビルは、その日は、マリファナなしで勝利感でハイになってすごした。

夜、ふたりの作家はコップに赤ワインをいっぱい注いで、作家であることについて、それがどんなにいいことか、話し合った。

レサーは、ノートに書き留めていた言葉を読みあげた、「わたしは日に日に確信をつよめていますが、しっかりと文章を書くことは世界で最高のことをしっかりとおこなうことに匹敵します」

「だれの言葉？」

「ジョン・キーツ、詩人だ」

「しっかりしたやつだ」

「もうひとつ、コールリッジのもある。『なぜそうであり、それ以外ではありえないのか、その理由をもたないものが永遠に歓迎されることはない』」

「それ、メモさせてくれよ」（キーツもコールリッジも19世紀初期のイギリスのロマン派詩人）

○

鬱々として、ある不毛な朝、よくあることではあるが作家としての自信もなくなって、レサーは、正午ちょっと前、近代美術館の、昔の友人が描いた女の絵の前に立っていた。その画家は若くして死んだ。

それまではデスクの前に何時間もいたが、その日はほぼ一年ぶりに、一行も書けなかった。まるで本が、おまえが知っている以上のことを書け、と求めてきているかのようで、その容赦ない要求に応えられなかった。言葉のひとつひとつが岩のように重かった。十年も一冊の本にかかりっきりだと、言葉のひとつひとつに時間が積みあがっていく。岩のような重さになる——本になるのを、終わりを待つことが、ズシリと重くこたえる。どんどん進もうと踏んばっても、どのように考えても、どのように決めても、らちが明かない。レサーは鬱が頭の上に病んだカラスみたいにとまってしまったようにかんじた。書けなくなると、自分を疑った。自分の才能があやしく思えてきた——ほんとうに才能があるのか、書きつづけるために夢見ているまぼろしなのではないのか？　そして自分を疑りだすと、また書けなくなった。まぶしい朝の光のなかでデスクの前にすわり、昨日書いたページをぱらぱら見ていると、吐きそうになった。言語、フォーム、プラン、目的。終わらない、完成しない、鼻持ちならない本に、書くという責め苦のような作業に、逃げ場のない徹底的に制限された作家の毎日に、死ぬほどうんざりしてきた。よりにもよってこんなことになって、おれは自分にいったいなにをしたのか？　言葉以外に、見ることもかんじることもなくなって。生活というものが遠くなってしまって。そこで、いやだったが、午前中の仕事はやめにして、二月の陽差しのなかへと散歩に出たのだった。歩きながら、いろんな想念は追い払おうとした。自分の不幸は「鬱」と名づけてしまうことにした。というのも、書くことにかんするあらゆることを払いのけようとしても、なによりいい本を書きたいのだという思いを忘れることができなかったのだから。

寒さのなかにも暖かさをかんじさせる日で雪は解けはじめていた、あてもなく北に向かって歩き、仕事のことは考えないようにしていたが、情けないかな、頭のなかではせっせと書きまくっていた——たいしてはかどらないのだが。足は不自由ではないのに、引きずるようにして歩いていた。そうやって歩きながら周囲を見ていたが、暗い目はなにもとらえず、なにも定着させなかった。なにかを見落としている——終わりのきっかけになるものを、だ。調整せねば、妥協せねば、完璧な結着はあきらめねば——どうせだれにもわからないのだから。しかし、このイライラを回避してまたもデスクにもどって書きはじめたとしても、満足のいくエンディングじゃないものでよしとすることができるとは思えなかった。本はしかるべきものでなければならない以上、エンディングもそうでなければならないのだから。十ブロック以上も歩くと、目下の悩みは、それがなんであれ、不治の病ではない、と思えてきた。ひとはうんざりすることもある生き物なのだ。鬱の鳥を頭の上から追い払い、仕事から遠ざけているこの落ち込みを吹き払うには、なによりもまず、デスクの前にもどり手にペンをもって腰をおろすことだ。うまく書けるか書けないか、は求めない。しょせん、それが人生のすべてではないのだし、二本の手で人生のすべてをつかまえるやつがどこにいる？　芸術はエッセンスだが、すべてのではない。明日は新しい日だ、本を終えれば、その翌日は贈り物が待っている。ふたたび仕事にかかれば、落ち着いて、冷静に、とりかかりさえすれば、謎のエンディングは、どんなものなのかはともかく、おのずと姿を見せるだろう。ああ、答えは紙の上にあるのだ。ほかのところにはない。謎を明かす巻き紙をパンのなかに焼きこんで、あるいはメズーザー（ユダヤ教の護符）のなかに隠して、天使が部屋まで飛んでくるなんてことはない。いつの日か一語が書けて、そしてつぎの一語が書けて、そしてつぎに終わりが来るだけだ。

しかし、冬の通りを延々と歩けば歩くほど、どんどん家に帰りたくなくなり、ついには葛藤を振りはらい、その日は休日にすることにした。なにもしてないのに休日とはお笑いぐさだ。でも、いちばんしたいことが――理由もなんだか曖昧なまま――やろうと思ってもできないのだ、この瞬間だってたしかにやろうとしているのにだ、それに、事実上、仕事はほとんど終わっている――エンディングへの道筋もずいぶんつくらなかったか？　エンディングを二つか三つも書いたし、いろいろミックスさせてみたりもしなかったか？　あとは適当なものを選んでしまえばいいというところにまで来ている、たぶん、必要なのは最後の決断だ。そうすれば、本は出現する、いよいよ自分の人生をふたたびよく考え、将来はどのくらいの時間を書くことに充てるか決めることができる――これまで費やしてきた時間と苦労よりは少なくしたい。孤独には疲れた、結婚も考えた、家庭をもつことも。だれにでも残りの人生というのはある、不確かではあっても可能性として、もしも手に入るならば。レサーは、この本が終わったら最低一年はオフにすると決めた、つぎのはそれからだ。つぎのは三年でかたづけよう、七年はかけない、それ以上はかけない。ああ、いよいよ未来が見えてきた、休日はなにをしよう？ ギャラリーに出かけて絵をながめてまわるということを何ヶ月もしていなかったレサーは、五十三丁目に出ると、西へ、近代美術館へと歩き、パーマネントコレクションのなかをろくに見ないでぶらぶらしながら——集中できなかった——最後の部屋で立ち止まったのだ、かつての友人の抽象的で断片的な『女』の前で。

レイザー・コーンはなかなか正体をみせないタイプで、二十代のはじめの頃、短い期間、レサーの友人だった。早々と成功してしまい、友情をつづけるのがむずかしくなった——未来の作家はまだなにもはじめられていない自分に嫌気がさしているような状態だったのだ。まもなくコーンはレサーと会わなくなった、おれがうまくいって喜んでいるのをおまえは気に入っていないからな、と言って。レサーの最初の小説が出たとき、コーンは外国にいた。二作目が出たときは、死んでいた。乗っていたモーターサイクルが、雨の晩、巨大な引っ越しトラックにハドソン通りで激突したのだった。仕事がうまくいっていなかった、と言われていた。

緑色とオレンジ色の絵で、女は、おのれの意志で、画家が望んでいたように、自分を完成させようともがいていた。さもなくば、絵筆の跡の森のなかから出現しようとする顔と体らしきものでしかないのだから。

女——レサーはモデルにパーティで一度会ったことがあったが、印象は薄かった——の肖像画はついに完成しなかったのだった。コーンはこの絵に何年もとりかかった末、あきらめたのだ。

そのことはモデルから、コーンのしばしの愛人から聞いた。コーンは打ちひしがれて、格闘と不安と絶望のなかで完成できなくなり、その見込みも消え、あげく、未完のカンバスをかたづけたのだという。女は逃げていっちゃった、と。いつものように仕事をしても、この絵については、理由は自分でもわからないが、こうやらねばという思いが強くあるばかりで、仕上げられない。こっちが望んでいる女になっていかない。この女が何者であれ、もう知りたくもないし、関わりたくもない。もう放っておく、とてもおれの手に負えない、と。しかし、コーンのストゥーディオでその肖像画を見た友人たちは、さまざまな視点と色彩に、おまえがなんと言おうが、どう思おうが「仕上がっている」と言った。アートとして完成している、と。主題として完成していようがいまいが、あるいは、そもそもの思惑から外れているとしてもだ、と。おまえが手がけたものは、なんであれ、レイザー・コーン以外の何者でもなく、コーンは傑出した画家なんだよ、と。友人たちは、ギャラリーに絵を売ってもらえ、と説得した。そして近代美術館が買い、パーマネントコレクションとして展示した。

その絵で、レサーはさらに落ちこんだ。なぜこれが放棄されていたのか、だれがわかる?――おれのようにコーンも行き詰まっていたのだろう。当時きっとコーンは自分に言える以上のことを言いたかったのではないか、かれのなかにはまだないなにかを? モーターサイクルの事故の後なら、もし生き延びていたなら、言えたのかもしれない。それとも、絵の女をじっさいの女と切り離すことができなかったのか、女の自我がかれの芸術を凌駕していたのか? 女を越えたものを作りあげられなかったのか? 絵の女は要するに不完全な男がつくれなかった未完の女で、それが世界というもの、人生、芸術というものなのか？　あたえたもの以上のものをあたえることはできない――自分を自分以上のものにすることはできない――あたえられるものをいまは持っていないのだし、そのことはだれにも知られたくないのだし、まして自分には。それとも、放棄によって完成させるのが画家の目的だったのか、放棄ないしは放棄のイメージが最近では完成の一形態になっているのだから。ようこそ、ヴァレリー、だ。（ポール・ヴァレリーには「完成」の概念はなく、すべてが「中断」だった）絵の場合は、終わらせることができる、とレサーは思った、ケリをつけることができる、終わっていようがいまいが、なぜなら最後には（最後？）カンバスを壁にかければいいのだから、「放棄した、明日もっと描く」なんてメッセージはつけずに。壁にかかってしまえば、完成なのだ、画家がなんと思おうと。

　レサーは、自分の仕事のことを考えながら、その件についてコーンと話せなかったのを悔やみつつ、小説を完成できなかったらどうなるのか、思いめぐらした。最終的に肝心なものが抜けおちる――エンディングが――最後の解明をほのめかす、というか、チラ見せする、というか、約束するものが抜ける。ということは、フォームは完結せず、完成した芸術作品にはならず、本としての価値はなくなる――自分で破壊してしまうことになる。そうなったら、だれも読まない、せいぜい途中まで読んできた者が読むだけだ――自分以外は、家の前のゴミバケツからかつて捨てた原稿の数ページを拾っていた浮浪者が、はてさてなにが書いてあるんだ、と興味津々のぞく程度だろう。かくして、レサーは誓った、これまでもしばしば誓ってきたのだったが、この小説はけっして捨てない、断じて捨てない、いかなる理由があろうとも、と。どんなにいい奴がどんなに悪い奴が、たとえばレヴェンシュピールやビル・スピアが、どんな女が、白人であれ黒人であれ、あきらめなさい、と説得してきても。終わってないのに、終わりだ、とは言わせない、と。不可避の、完璧なエンディングまでこの本をもっていく、それ以外に選択の余地はない、と。

文句、あるか？

○

レサーが、さあ、家に帰ってふたたびペンをとったらどうなることか、と考えながら最後の展示室を出ると、ロビーにいた青い帽子をかぶった黒人の女が布製のハンドバッグから鏡をおとし、それが床に砕ける。トイレからでてきた、ゆったりしたシルクの黒いケープをまとった女は、あわててよける。レサーは体をかがめて、黒人の女に大きな三角形の鏡の破片を拾って渡す。そこに、無精ひげの、暗い、やせた自分の顔を見る。書いていないからこその面。黒人の女はレサーが渡してよこした鏡の破片に唾を吐く。レサーは後ずさりする。ケープの女を追いかけて通りに出る。しばしば彼女のことは考えていたのだ、書いているときどき。

「シャローム（ユダヤ人の挨拶の言葉、ヘブライ語）」かれは呼びかける。

女は怪訝そうに、冷たく見る。「なんでそんな言葉を言うの？」

答えに窮し、わからない、と言う。「この言葉、はじめてつかった」

アイリーンは、気分屋だったが、雪でぐじゃぐじゃの歩道をブーツをぴちゃぴちゃ鳴らしながら歩き、六番街のほうに向かう。レサーもいっしょに歩くが、このようなサプライズは、小説のなかでは簡単に作りあげるものの、サプライズではあった。彼女の足取りは軽く、いくぶん内股、グリーンのニットのウールのハットをかぶり、そこから髪が背中に流れている。入り組んだイヤリングがかすかにチリンチリンと鳴る。パーティのときの彼女の姿を思う――短い厚地のスカート、ピンクのブラウス、豊満な白い胸。脚のあいだを股間までのぞいたことを思う。ビルと踊っていたこと、割り込めなかったことを思いだす。

彼女は黒人の女なんだ、特殊な種族なんだ。おれは家に帰ろう。

「コーヒーでもどう?」アイリーンが訊く。

いいね、と答える。

ふたりはカウンターにすわる。彼女は熱いカップを両手で握り、爪を噛んだ跡がある指を暖める。目は、緑と青が均等にあわさった色。黒い髪は、陽の光のなかで、黄金のブロンドになっている。

レサーは、コーヒーを飲みながら、告白を待つかのように、様子をうかがうが、彼女はなにも言わない。

彼女が放つ香水を吸いこもうとするが、香りはどこから来ている? 耳の後ろから? 長いケープの下から? 汗ばんだ腋の下から? 乳房の、それとも、股のあいだから? 体をひととおりぐるっと巡るが、花の匂いではない。クチナシではない、手がかりがない。

「女の子はいないの?」

なぜ訊く、とレサーは訊く。

「あなたのパーティなのにあなたにはだれもいなかったから」

「最後の女性がほぼ一年前。その前の夏にもひとりいた。どっちも、ぼくが本を終わらせるのをじりじりして待ってる」

「ウィリーが言ってる、永遠につづくって」

「書くのが遅いんだ。そういう性格なんだ」

彼女は苦笑する。

「出よう」レサーは言う。

六番街を北へ、セントラルパークへ向かう、解けた雪が汚く、色褪せた死んだ草が木々の下に黒い輪になって固い地面にむきだしになっている。五十九丁目の低い石の壁のそばに立つと、目の前に雪をかぶった公園の草地がひろがる。公園は、レサーには、現実感が乏しく、窮屈そうで小さくて遠い。書いている本のほうが、気持ちのなかでは、耐えがたいほどリアルだ。そこを離れてこんなところでいったい自分はなにをしてる？　冬のど真ん中、仕事をしていなければならない日に、ここでなにをしてる？

「笑うときってあるの？」彼女が言う。「すごい真剣な顔をしてるけど。ろくでもない本のせいね」

「書いてるとき笑うよ」レサーは言う。「今日は一語も書いてない。書いてなくちゃいけないのに」

「じゃあ、そうすれば」

壁の前の彼女から離れていく自分が、レサーに見える。五番街を横切り、三番街に向かう。どっと喪失感を覚えて、マディソン街への途中で止まる。おれはバカだ、と思う。アイリーンを残してきたところにもどる。もういないだろうと思っていたが、いた。壁のところに長いケープをまとって立っている、いまにも飛びたとうとしている鳥のように。

「どうしてそんなに時間がかかるの？」

レサーは、その話はしたくない、と言う。

「それって、例の愛についての本、いまなお？」

「その本」

「最初の小説は読んだよ。ウィリーが図書館から借りてきて、読み終わってから貸してくれた。とてもよかった、思ってたよりずっと。出てくる女の子はその年頃のわたしみたいだった。好きにはなれなかったけど。じっさいのだれかを想定してた？」

してない、とレサーは答える。

ふたりはベンチにすわる。

「あんたたちふたりは自意識過剰」アイリーンは言う、「書くのに行き詰まったときのウィリーなんて、とてもいっしょにいられない。一日中ずっと格闘しててさ。ついてけない」

また苦笑して、自分の内股の足もとをながめる。

「もともと十分ひどかったけど、あんたのせいでもっとひどくなった。本をあんたに批評されて、めっちゃ、傷ついてた」

「傷つける気なんてなかったけど」

「本をぜんぜん尊重してくれてないって言ってた」

「かれの人生よりも短編のほうが気に入った。はるかに独創的で」

「ただの自伝じゃないよ。ウィリーはジョージア州からハーレムに来た、母親と小さい妹と、十六歳のときに」

「ミシシッピ州だと思ってた」

「生まれたところは、話すたびに変わるの。思いだすのがいやなんじゃないかな」

「思いだすのがいやなことはかれにはいっぱいあるよ。刑務所にもしばらく入ってたんだろ?」

「二年。でも、本のほとんどは創作。ウィリーは想像力豊かなやつだから。いろいろ想像して遊んでる。自分のことを話しだすときの声、聞かせたいよ。あの声を本でも聞きたい。あいつがいま書いてるのは気に入ってる?」

「いまのところは」とレサー。

「あいつ、いい作家だと思う? いい作家になれそう?」

「だと思う、でも、むらがある。ずっと真剣に保っていけたら、とうぜん、なるだろう」

「どのくらい真剣に? タマが潰れるくらいがんばらないと作家にはなれないみたいな?」

「中途半端じゃ作家にはなれない」

「ウィリーは中途半端じゃないよ」

レサーは、ウィリーとは今現在どんなかんじなのか、訊く。

彼女はマッチをすり、つづいて、煙草がないのに気づく。

「どういう意味？」

「いっしょにいるようでもあるし、離れているようでもあるから」

「その通りよ、的確」

「こっちには関係ないことだけどね」とレサー。

「でも、訊くってことは、関係あると思ってる」

そうあってほしい、とレサーは言う。

「あなたの質問に文句をつけたいわけじゃないの。どう答えたらいいか、迷ってる」

「答えたくなければ答えなくていい」

「ウィリーと会ったのは三年前——女優になろうと思って大学をやめて一年半ほどたった頃。才能があったわけじゃなくて、そういう思いにすっかり取り憑かれてたの。ほんと、おかしな子だったと思う、体重もいまよりゆうに二十五ポンド（11キロ）以上あったんだから。演技は悪くないんだけど、体重を必要な分下げたり、好みで上げたりができない。つまり、演じたいのは、そうすればいまの自分から逃れられるからってことだった、自分を分析すると、そういうことだった。自分のことがよくわかってなかった」

「女優のようだけど、演技をしているわけではない、と」

「昔はすごくむちゃくちゃ演じてた。だけど、結局のところ、演技は自分から逃げる手段だったのよ。どうしようもないガキで、男たちがハエみたいに寄ってくるのにまかせて、だれとでも寝てた、そのうち怖くなって目が覚めた」

レサーはなんだか、今朝部屋から抜けだしてきたのは彼女が自分の話をするのを聞くためだったような気がしてくる。

「一年以上、それはひどいものだった——でも、それはもういいの。ウィリーと出会って、会うようになった。黒い肌にはビビりもしたし、興奮もした。いっしょに暮らそうって誘ったのはわたし。あいつのことが好きになりはじめてたし、ひとりの男で我慢できるかどうか知りたかった。ともかくあいつがわたしのアパートに越してきた。いまみたいにコンスタントに書いてはいなかった——しばらくは革命かソウルかどっちかに行きそうだったし、そのへんはいまなお解決したとはわたしは思ってないよ。その頃は、書きたい気分のときだけ書いてたわね。わたしたちは最初はうまくいかなかったけど、だんだんやさしくなれるようになって、だいぶいいかんじになってきた。わたしもずいぶん気持ちが楽になってきた。そんなに大事なことじゃなくなってきたの——演技とかね、自分のことがしっかりわかるようになってきたし、なにかになりたいなんて気持ちもなくなってきた。さっき分析って言ったけど、ウィリーに会うまではそういうことが自分にできなかったのよ」

「いまはかれを愛してる?」

アイリーンの目がいきなりひもじそうになる。「なんで知りたいの?」

「ここにいっしょにすわってるから」

アイリーンはマッチを雪のなかに放り投げる。

「黒人たちへの愛のほかは、あいつ、自分の仕事以外、愛してないと思う。そうでなきゃ、とっくに結婚してたと思う。ウィリーはいつも自分の色を意識してるし、最近はますますそうなってる。書けば書くほど、どんどん黒くなる。わたしたちが話すのも人種と色のことばかりよ。白人の女なんか、黒人の男にはもうホットなものでもなんでもないの、とくに活動家にはね。ウィリーはもう人前ではわたしに手も握らせない。一度、結婚できるかもしれない、と思ったときも、あいつはこう言った、『アイリーン、ほんとうのことを言うと、白人の女と暮らしているおれからはいい文章は生まれない』だからわたしは言った、『ウィリー、自分のやりたいことをやって。わたしの気力にも限りがあるから』しばらくはアパートから出ていった、けど、ある晩やってきて、また越してきた。いまは、週末だけ来るという約束で、本がかたづくまで、とあいつは言ってる」

レサーはなにも言わない。彼女の話に興奮していた。言語が流動するのを感じる、言葉がどっと押しよせてきて、なにか啓示があらわれそうだ。

「あなたはどうなの?」アイリーンが言う。「わたしは自分のこと話したけど」

レサーは立ちあがる、無性に書きたい。

「もうすこし歩きたい?」アイリーンが訊く。目がおぼろで、落ち着かない。ハンドバッグを開けてなにかを漁るが見つからない、鏡か。レサーはレイザー・コーンの『女』を思いだす。

「ひとつ言えるのは、黒人の男を愛すると」アイリーンが言う、「ときどき自分も黒人のような気になること」

ならば、もうひとりの自分を見つけろ。
作家は、仕事にもどらなくては、と言う。

◯

二月が、一瞬、退いて、葉と花の香りが吹きぬけた。明日はどうせまた冬だろうが、しかし、春の気配をただよわすこの香りの一吹きに、レサーは苦痛を覚えた。

作家は、ひとり、二月も終わりかけた夜、イーストサイドのレキシントン街を南へ、昨日の晩はウェストサイドを北へ向かったからという、それだけの理由で歩いていた。道路の向こう側から笑い声がし、歩くひとの流れのなかに、ビル・スピアとアイリーン・ベルがいるのに気づいた。歩道を移動していく金曜の夜の人混みのなか、小さなパレードの先頭に立っていた。ふたりの後ろにはサム・クレメンスがいて、その後ろには四人の黒人がそれぞれペアで歩いている。小柄なきちんとした身なりの褐色の男はつば広の黒いベロアのハットをかぶり、毛皮のコートを着たふっくらしたそれほど黒くない肌の女がその腕につかまっている。もう一組は鉄のようなひげをはやした長い布のコートの黒い男たちで、ひとりはフルートの入ったケースを運び、もうひとりはボンゴドラムを叩きながら歩いている。ボンゴの男は鼻が折れていて絆創膏を貼っていた。

レサーは、七人のうちの四人が知り合いだとわかり、かれらの笑い声を聞いているうち、胸が熱くなり、後をついていきはじめた。アイリーンがビルといっしょで、ふたりとも楽しそうなのを見ていると、気分はだんだん不快に、身を刺すような空しい欲望に変わり、それはそうかんじていることとの恥ずかしさでいっそうつよまった。ふたりに嫉妬するなんてありうるのか？　嫉妬するものなどなにもないし、知るかぎり自分は嫉妬するタイプではないのだから、そんなことはありえない。自分の家のパーティで初めてアイリーンを見たときに似たような感情に襲われたことを、欲望以上のものを、ウィリーよりも先に知り合っていたかったという後悔のようなものを覚えたのを思いだし、動揺している自分にとまどい、一瞬立ち止まって、街灯にもたれかかった。

　道路の反対側の花屋のそばから、気づいたビルが声をかけてきた、「おーい、レサー、なんだよ、こっち来いよ。ソウルの連中といっしょなんだから」

　レサーが、混乱した気持ちをなんとか落ち着かせようとしながら手をふり、道路に踏みだし、渋滞する車のヘッドライトのあいだをぬって進みはじめると、黒人たちとアイリーンはうまくわたってこれるかどうか、興味津々ながめていた。不安と興奮をアイリーンに見抜かれないようにしながら、どうにかわたりきったが、彼女は、あんた、だれ？　とまではいかないまでも、なんでこんなところにあらわれたのよ、とばかりによそよそしげに不審な目で観察していた。

　世界の境目（さかいめ）の人っ子ひとりいない海峡を泳いでわたって、自分にはなんて言い訳をする気だ？　あるいは、ほかのだれにでも？

「メアリーのところでパーティだ」ビルが言った。「来るか？」

レサーは、いいけど、と答えた。

「じゃあ、ついてこい」

　レサーは、許可をもとめるかのように、アイリーンをチラッと見たが、すでに先をさっさと歩いていた。

「この白いのはどういうやつ?」サムがビルに、レサーに聞こえるくらい大きな声で訊いた。

「作家だ、一冊、すごくいいのを書いてる。おまえもいたよ、いまのおれの仕事場の家具を買うカネをこいつがはずんでくれたとき」

「じゃあ、ついてこい」

どのペアももうひとりを並んで歩かせようとしなかったし、レサーはサムとは歩きたくなかったので、列の後ろについてメアリーの家に向かった。後尾の四人のうち、会ったことがあるのはひとりだけ、それほど黒くない肌の女といっしょの男、ジェイコブ32で、両目を閉じて厳粛に挨拶をしてきた。ほかの面々は無視してきたが、レサーは、おまけのようであっても、かれらといっしょにいるのがうれしかった。忍びこんでいた嫉妬もすっかり消え、二月の夜のなか、春の気配を楽しんでいた。

◯

メアリーはサイケデリックにペイントしたロフトに、イラストレイターの女友だちと住んでいた。会えてうれしい、とレサーに言った。自分に会えてうれしいという者に会えて、レサーはうれしかった。

「いつかは来るんじゃないかなと思ってた」メアリーは言った、「すごく近くだもん。あたしの番号は電話帳にも載ってるし」

こっちもそう考えたことがあった、とレサーは言った。「ある晩ね。でも、思いだしたんだ、においがいやだってこと」

「あの晩は酔っ払ってたから」彼女は笑い、レサーの腕にさわった。「遠慮したり恥ずかしがったりしちゃダメよ」

「いまは酔っ払ってる？」

「いまはハッパやってない。ハッパでハイになると、あたし、落ちこむんだよ」

そう話しながら、レサーの目を見ていた。「アイリーンがお好みなの？　ずっとチラ見してるけど」

「彼女はビルの女だ」

「あの子を見るあんたの目つきがソフト」

「ミニだし、ああいう長い脚が好きなんだ」

「あたしの脚のほうがかたちはいいけどね」

レサーはうなずいた。「きみは美人だよ、メアリー」一瞬、淋しさで大胆になっていた、「もしもぼくのことが好きなら、ぼくも愛情で応えられるけど」

メアリーは首を曲げ、両目をまばたきさせると、離れていった。

書くときはうまくいくが、口にするとうまくいかない、とレサーは思った。書くときうまくいくのはどんどん書き直すからだ、口にする言葉は言い直せないからしばしばうまくいかない。そして思った、自分が愛について書くのは愛についてろくに知らないからだ。

パーティには二十人ほどのソウルたちがいて、レサーとアイリーンだけが白人だった。白人のソウル？　四人のブラザーたちが裸足で床にすわり、胸がはりさけそうなビートのブラックサウンドを即興で鳴らしていた。かれらを見下ろすように、五人目のミュージシャンがブルフィドル（ウッドベース）で体を揺らしている。ほかのみんなは踊りながら体を揺すっている。音楽を聴いているうちに作家はたまらなく欲求を覚え、生きたいという気分が高まった。鼻に絆創膏を貼ったブラザーが目を閉じてボンゴを叩いている。その双子のもうひとりが、ごわごわしたひげに花を編みこみ、フルートを高く甘く吹いている。ひとりの男は十二弦ギターの弦をつまびきながら、音のひとつひとつに聴き入っている。ゴールドのブラウスに赤いフェズ帽をかぶったブラザーはスプーンで空き瓶をリズミカルに叩いている。立っているブラザーが指を跳ね回しながらブルフィドルをブーンブーン鳴らし、フィドルを抱きしめては揺らしている。みんなが、ひとりひとり、自分の周囲にサウンドの島をつくりあげていた。おたがいに演奏しあい、音楽は美しい、自分らも美しい、と言い合っている。みんなの上には甘いにおいの煙の傘がひろがっていて、レサーはハイになった。

ハイになってアイリーンに踊らないかと誘いに行ったが、彼女はサムと踊っていて、サムは、割りこまれるのはありがたくないねえ、と言った。アイリーンは不満そうな素振りをみせたが、なにも言わなかった。レサーは以前に感じた嫉妬のことを考えた。一時の変調であってとくにどこへ向かうというものではなく、要するに性欲なのだ、と思った。ビルは黄色のコールテンのズボン、紫のシルクのシャツ、茶色のショートブーツ、花柄のヘッドバンドというかっこうでメアリーのまわりでブーガルーを踊っていた。アイリーンはオレンジ色のミニで裸足で踊っていて、幅狭の足は几帳面に動き、顔は紅潮していた。ビルがメアリーから離れると、サムから離れた。ふたりは対の鳥のように一体になって踊り、慣れた軌道にのって軽快に永遠につづくかのように舞った。ビルは自分のビッチにやさしげに微笑み、アイリーンは淋しげな情愛のこもった目で相手を見つめた。まるで結婚している夫婦だ。

メアリーはサムと踊り、サムは体を伸ばしたり縮めたりしてシミーを踊った。その動きはさながら中風病みのコウノトリだったが、メアリーのほうは、両腕を高くあげ、ホットな目つきで踊っていた。しまいにはサムから離れ、レサーと踊りに来た。

「いい、聞いて」ふたりでステップを踏んでツイストをはじめると、メアリーが言った、「廊下の反対側が友だちの部屋で、あたし、キーを持ってるの。みんながもうちょっとハイになってきたら、そっちに行くから、あんたも来て。その気があるんだったら。でも、十分後にね。そうすればだれにもわからない、ひとりが出ていってそのあとまたひとり出ていっても。さもないと、サムが気を悪くする」

「わかった」レサーは言った。「しかし、あっちに行く前に酔っ払わないでくれよ」

「だいじょうぶよ。言うとおりにするから、ハニー」

レサーはひょいとかがみ、両腕を揺らし、音楽のビートに合わせてステップを踏み、メアリー・ケトルスミスは、短いぴっちりした白と緑と紫のストライプのドレスで、エキゾチックに踊りながらかれのまわりをまわった。

まもなくメアリーはロフトからすりぬけていき、レサーの期待は高まり、喉が乾いた。見ると、ビルは眠そうにしている——今晩はけっこう飲んでいる。アイリーンはトイレに出入りしている、まだ膀胱炎なのか？

作家は、十五分後、荒れ果てた廊下に出て、メアリーのロフトの向かい側のワンルームの部屋に入った、心臓の鼓動で体が震えていた。メアリーはベッドに横になって待っていて、薔薇色の毛布にくるまっていた。カナリアが窓のそばの籠のなかで止まり木の上をチョンチョン跳んでいる。

「さっさと脱いじゃって悪かった？　部屋が寒いんで、ベッドに入って待ってたほうがあったかいと思って」

レサーは毛布を持ちあげて、見た。

「すごい、すてきだ」

「どこが好き、言って」

「乳房とおなか。きみの黒さ」レサーはベルベットの肌に手をすべらせた。

「黒人の女としたことない？」

「ない」

「期待しすぎないようにね。ベッドに入って、ハニー」

脱いで、毛布のなかに入っていくと、メアリーが言った、「レサー、ひとつ言っとくけど、あたしの、ちょっと小さいって医者に言われてる。最初はゆっくりじゃないと、傷がつく」

やさしくする、と答えた。

「そうして」

ふたりは抱き合った。彼女の指がかれの顔の上で、それから脇腹へ、脚のあいだへ動く。かれは彼女の乳房に、やわらかい腹にさわり、股のあいだの濡れたところをさぐる。

メアリーがランプを消した。

「消さないで」レサーは言う。

メアリーは笑い、点ける。

わずかに汗ばみ、よがり声をあげたが、そのうちメアリーは言った、「どうぞ、イッて、先にイッて。あたしは無理そう」

「ぼくのにおいかなにか？」

「においはない、ぜんぜん」

「イッてよ。我慢してるから」

しばらくメアリーもがんばったが、やがてため息をついて言った、「無理そう。どうぞ、イッて」

「飲みすぎた？」

「スコッチ一杯とほかのをちょっとだけ。飲むなってあんたに言われた後はぜんぜん」

「きみもイッてくれるとずっといいんだけど」

「イキたいけど、気にしないで。してほしいことがあるんなら、言って。してあげるから」

「いっしょにいてほしいだけだ」とレサー。

かれは歓喜とともにイキ、彼女の尻をギュッとつかんだ。メアリーはやさしくキスをした。

「しばらくそのまま上にいて。あったかいから」かれの体に両腕を巻きつけた。

レサーは彼女の上でうとうとした。「いいよ、メアリー」

「いっしょにイケなくてごめん」

「いいよ、そんなの」

「あんたのこと、好きだから、いっしょにイキたかった」

「つぎは」レサーは言った。

そのあと、バスルームからもどってくると、メアリーは緑とすみれ色のビーズのネックレスをレサーの首にかけた。

「なんなの、これは?」

「あたしたちの幸運を祈って」メアリーは言った。「どう、もういい?」

ふたりはベッドに横になり、煙草をかわるがわる吸った。

かれは、だれかとイッたことはあるのか、と訊いた。

「サムとするときは、喜んでもらいたいから、アヘアへ言うけど、でも、ほんとうはイッてないと思う」

そのうちイクと思うよ、とレサーは言った。

「さっきはほとんどイキそうだった」

「どのくらいイッてない？」

「そんなこと、考えたくないよ」

「なぜイカないのか、考えたことある？」

「小さいときにレイプされたからじゃない、地下室への階段まで引きずられてってやられた」

「ひどい――だれに？」

「二階に住んでた赤毛の黒人の子。父親が白人で、黒人の母親をボコボコに殴ってた。ママが言ってたけど、それであの子は鬱々としちゃってだれもかれもが嫌いになり、だれでもかれでも痛めつけたくなった。結局は叩き出されたけど」

「教えて、レサー」しばらくしてからメアリーが言った、「あんたの知ってる女の子はみんないつもイク？」

「たいていは」

「何回もイク？」

「昔、そういう子もひとりいた」

「場所がベッドだとあまり向いてないのね、あたしには」メアリーは言った。

「泣いてる、メアリー？」レサーは訊いた。

「いいえ。泣いてません」

「泣き声がするみたいだけど」

「あたしじゃない。サムよ、よくあるの。廊下で、鍵穴の脇で膝をついて泣いてる」メアリーは言った。

○

「アッサラーム・アライクム（イスラムのコミュニティでの挨拶語で「こんにちは」から「さようなら」まで多くの場面でつかえる）」メアリーのロフトにもどると、ジェイコブ32がレサーに言った。メアリーのほうが先にもどっていた。ジェイコブは目の細い男で、濃紺のスーツを着ていた。レサーの目をしっかりとにらんでいたが、そうするようにとだれかに言われていたのか、口調は穏やかだった。

「おたく、自分を白人と思ってるなら、まちがってるよ」ジェイコブは言った。「おたくはほんとうは黒人。白人は黒人。黒人がほんとうの白人だ」

「言ってる意味はわかるように思うけど」

「いや、わかってない。われわれをまちがって見てるし、自分のこともまちがって見てる。おれを正しく見てるなら、おれが白人だとわかるはず、おたくが黒人だとおれがわかってるようにね。おれのことをおたくが黒人だと思うのは、おたくの内部の目が世界のほんとうの姿を見ようとしないからだ」

レサーはもうなにも言わなかった。

「悪の力と善の器の正面切っての対決になる」ジェイコブ32は言った、「どっちがどっちか、それはおれには言えないけど」

○

メアリーはバスルームに閉じこもったまま、レサーが、ひとり、沈黙する黒人たちといっしょに取り残された。サムがみんなに話し、そのニュースがみんな気に入らなかったのだろう、とレサーは思った。アイリーンは暗い窓のそばに立って外を見ていたが、ガラスに映る顔は幽霊のようだった。レサーには、彼女を見ている自分の顔も見えた。

ふたりとも怖がっている、しかし、彼女はなにを怖がっている？

ビル・スピアが、口元をたるませ、重たげな目をどんよりとさせて、酔ってはいるがしっかりと立って、部屋の向こうからレサーを呼んだ。脇にはサム・クレメンスが、ふくらはぎのところが太くなったストライプのベルボトムのズボンをはいて立っている、ブスッとはしているもののかなしそうだ。黒人の一団が無表情でそのまわりに集まっていた。

「レサー、おまえの白いアホ面をちょっと貸せ」

処罰だ、と思った。きっとメアリーを満足させられなかったことの。そういうことなのかも。ドジったよそ者は用無しということだ。昔ながらの罠で、そもそも乗るべきじゃなかったのだ。ボコボコにされるなんて、まだ若すぎる。折れた指や血だらけの目が思い浮かんで、ゾッとした。

ビルの赤くなった目は寂寞としていた。黒人たちのなかで群を抜いて黒く存在していた。

「なあ」と言って、太い指で、レサーのざわつく胸を突いた。「おれたちがダズンズって呼んでるゲーム*があるんだよ。ブラザーたちは得意だが、白いやつらにはその才覚も芸もない、白いやつらは黒いおれらの半分にも及ばないから、あんたとやるのは半ダズンズってとこかな。裸の言葉のぶつけあいだ。おれがおれのをぶちかましたら、つづいてあんたがあんたのをぶちかます、血が出たほうが、というのはつまり、ビビったほうが、ママに泣きつきそうになったほうが負けだ、そしたらそいつをみんなでボロクソにする。わかったか?」

「そのゲームのポイントは?」

「どれだけポイントをつくかがポイントだ」

「友だちだと思ってたが、ビル」

「ここにあんたの友だちはいない」サムはレサーに言った。

「もし、そのゲームをやらないとしたら?」

「ブラックとヤルんだから、ブラックと張り合いなよ」それほど黒くない肌の女、ジェイコブの友人が言った。

「ユダヤはふにゃちんだからな」ひげに花をつけたフルート吹きが言った。

何人かのブラザーたちがうなずいた。レサーは睾丸が締まるのをかんじた。

「じゃあ、軽く始めるから、ついてこい、楽しめ」ビルはよくひびくだみ声で言った。「ママや妹のことは言わない、いつもはそうやってんだが、ずばり、どうでもいいとびきり臭いやつでい

＊ どれだけ汚い言葉をまくしたてて相手をやりこめるかを競う言葉の遊びでアフリカ系のあいだでは昔からポピュラー。ラップの由来といわれる。

くぞ、あんた向けにスペシャルで、

《レサー、自分を熱いやつだなんて思うなよ、
熱いといっても、出したてのクソだ、おまえは》

黒人の何人かがくすくす笑い、ブルフィドル弾きが高いコードで弦を鳴らした。

「さあ、返してこい」

レサーは黙して立っていた。

「返してこないんなら、ちがうゲームをやってもいいが」

「ポーカー？」作家はとぼけたが、心底から怯えていた。

「おいおい、きんたま、落っことしちまったか？」

黒人たちがけらけら笑った。

レサーは、こっちが返せばゲームになるんだ、と思った。

「ウィリー、きみの口はクソの出口」

びっくりしたことに、ふふふと笑いが起きた。

ブルフィドル弾きは低い音を鳴らした。

ビルは、軽蔑するように、まばたきした。大きく開いた目が、一瞬、宙を泳いだ。

「レサー」気を取り直すと言った、「おまえ、どうかしてんじゃねえの。ママのおっぱいを吸っ

てる、ほら吹きの、屁のくせして、自己嫌悪をぶちかまして」

「罵り合いのコンテストのなにがいい？　おたがい気分悪くなるだけだ」

どっとうるさく笑い声がおきた。

「ふにゃけた戯言をぬかして」サムがイラついて言った。

「この白んぼはおれに任せとけ」ビルは言った。「おれのお客なんだから」

さらにげらげらと笑い声。

アイリーンが歩みでた、ケープをまといハットをかぶり、革のハンドバッグを肩に引っかけて。

長い髪がいっそう長く見えた。

レサーは、メアリーと寝てなければアイリーンといま頃は外のどこかにいたのかもしれない、と思った。

「ウィリー、もう帰らない？」アイリーンは言った、レサーのほうは見もしない。「疲れた」

「帰れよ」

「いっしょにいきたくないの？」

「勝手にいけ」

「ひとりでイッてもいいけど、あんたはいいの、イカなくて？」

シスターたちがキャッキャと笑い、ブラザーたちの何人かもガハハと笑った。ブルフィドル奏者は膝を叩いた。アイリーンは窓辺にもどった。

「レサー」ビルがイライラしてじれったそうに言った、「おれはさっき、ママのおっぱいを吸ってる、ほら吹きの、屁って言ったんだ、なんか、返してこないのか？」

「こんなことをしたいんなら、書けばいいだろう？　きみは作家じゃなかったのか」レサーの声はかすれ、パンツは濡れていた。

「なにを書けとか、指図するんじゃねえ」ビルは言い、傲岸に頭をもたげた。「漂白して白人になったような野郎から、なにを書けとか、言われる必要はない」

「アーメン」ジェイコブ32が言った。

レサーの恐怖は怒りを誘発した。「わたしになにか文句があるんなら、素直に言えばいいだろう？　どうしてこんなバカげたゲームなんかやろうとする？　そもそもきみにはどうでもいいことなんだ、だったら、サムに言わせればいいだろうに」

「言っただろ、こんなクソ食らいの百姓を連れてくるなって」サムがぼやいた。

ジェイコブ32がうなずいた。

「どうなんだよ、おれがさっきとばした言葉への返しは？」ビルは言った、イライラしていた。

「いったいどこまでママのおっぱい吸いの腰抜けになりたいんだ、おまえは？」

「じゃあ、言うけど、きみは薄汚いチンポだよ」レサーは応えた。

部屋の向こうでアイリーンが、なにも言うな、と唇に指をあてるのがレサーの目にはいった。

「わたしはもう降りる」

「降りられねえんだよ」ビルは言って、紅潮した顔をレサーの顔のすぐそばまで近づけてきた。

「そういうルールなんだ、これは。あんたが降りたいのは、こういうやりかたじゃ、自分の言いたいことがちゃんと言えないからなんだろ？　薄汚い黒いチンポなんて言う気はなかったんだろ、がんばって口に出したんだろ？　ほんとうのことを言いなよ」

「ほんとうを言うとだね――ああ言ったのはきみが聞きたがってると思ったからだ」

「わかった、いいだろう」ビルは言った。「そんなら、おれも言う、あんたは屁こきで、クソ食らいで、おかまで、癇癪持ちで、盗っ人の、ユダヤ人だよ」一語一語、ゆっくりと間を置いて、最後のところは強くビートをきかせた。

黒人たちは、だよな、とつぶやいた。ボンゴ奏者は小さな音をだした。サムは眼鏡の下のうれし涙を拭った。

「そのメッセージ、了解」レサーは言った。「負けた。これがわたしの最後の言葉だ」

しーんとなった。部屋には汗のにおいがした。頭でも殴られるのだろうと思ったが、だれも動かなかった。ずっと見物していた連中は飽きていた。赤いフェズ帽をかぶった男はあくびをした。ブルフィドル弾きは楽器をしまった。みんなが引きあげはじめた。ビルは満足した様子で、ジェイコブ32は葉巻を味わっていた。

レサーはハットとコートを壁のフックからとると、ドアに向かった。通りすぎるかれを、アイリーンは苦々しげにチラッと見た。

三人のブラザーがドアのところにとんでいってレサーが出ていくのをさえぎろうとしたが、ビルがピーッと口笛を吹いて脇へどかせた。

「その白人の黒んぼを出してやれ」

その黒んぼが、いちだんと白くなり、靴の底の底まではずかしめをうけつつもまずは五体満足でロフトを後にすると、メアリーがバスルームから飛びだしてきてアイリーンに抱きついた。

○

下の通りで、レサーは壊れた街灯の陰に立ち、アイリーンが追いかけて出てくるのでは、と待ったが、出てきたときはウィリーといっしょだった。ふたりは反対方向に向かっていった。その晩はずっと、アイリーンの夢を見た。部屋に来た彼女と、ウィリーと結婚してるのだからと、触れあうことなくじっとすわりつづける夢を見た。暗闇のなかで目が覚めると、彼女が頭に浮かび、こころにのしかかるものをかんじて、恋している自分がわかった。

○

ビルが、鼻をぐすぐすいわせながら、翌日の午後、仕事を終えて、やってきた。レサーのぼろぼろの肘掛け椅子にすわると、太い両手を切り株のような膝のあいだで組み、床を見つめた。一インチほど縮み、体重が減ったようにみえた。洗いたてのざっくりしたグリーンのセーターの上でオーバーオールがだらりと垂れている。ワイヤーフレームの眼鏡を直すと、モンゴル人のようなひげのもじゃもじゃを撫でた。

「今日はまったくものにならなかった、つかえる文章がひとつもなかった。象のケツみたいなでっかい二日酔いだ」

レサーは、動かずにすわったまま、口を開かない。

ビルが言った、「言っとくけど、レサー、昨日はあんたの身を守ってやったんだぜ」

「だれの身を?」

「サムはさ、ブラザーたちにあんたをぶっつぶさせるつもりだった、自分の女とヤッたんで叩きのめすつもりだったんだ、しかしおれがあんたをゲームに引っぱりこんだんで、あいつら、あんたが恥をかくのが見られて、ほんものの赤い血を見るのはどうでもよくなった」

レサーは、そういうことなら感謝する、と言った。

「ぜんぜんそうは見えないが」

「感謝する」

「とにかくなぜああしたのか言っときたかった」

あとでレサーは、そんなことは知らないほうがよかった、と思った。感謝するとかしないとか、考えたくなかった。ウィリーの女を平穏に歓びをもって愛するためには。

○

ある日の午後遅く、ある出入口のひさしの下に立って、レサーは雪の降るのをながめている。黒い頭が雪のむこうからヌッとあらわれて、かれをじっと見つめ、まもなく姿を消す、低く重たく垂れこめる雲に月が沈んでいくように。その黒い頭はレサーの頭のなかにいる。一日中ずっとビルのことで苦しんでいた。可能性はほとんどないのに、どうしてそれをもっと小さくしようとするのか？　彼女を愛すれば、小さくなり、愛さなければ、大きくなる――知りたい。

かれのいる出入口は五段ほど下れば道路で、向こう側にはアイリーンが住んでいる赤レンガのアパートメントがある。西十一丁目。その日の朝もその出入口のホールに入っていって郵便ボックスの名前を見つめた。アイリーン・ベル――ウィリー・スピアミント。レサーにはアイリーンのボックスに入った手紙が見える、しょっちゅう書いている手紙だ、紙にではないが。レサーはそれをウィリーがマッチの火で読む姿を想像する。

その手紙はレサーの恋を語っている。ウィリーはそれを読むと、きっとマッチの火で燃やすだろう、そこにいれば、そこに手紙があれば。しかし、ウィリーはレヴェンシュピールの廃屋同然の建物の四階の自分の部屋にいて、猛然と新しい本にとりかかっている。レサーのほうは、先週のメアリーの家でのパーティの翌朝以降、書くことにまるで集中できなくなっているのだが。部屋のなかをうろうろ歩きまわるばかりで、机の前にすわっても絶望的なまでになにもせず、また立ちあがる。

その日の朝は、書こうともしなかった。早くに外へ出た。五番街まで歩いていってバスに乗り、六番街へ。彼女の部屋のベルを押した。アイリーンは留守で、リハーサルに出てしまっていた。家にもどると、書こうと試みた、まる一日書かなかったことからの復帰だった。出かけるな、と自分に言い聞かせた。地獄には近づくな。じっと待て。恋している場合ではない。ウィリーは複雑なやつだ。白人がアイリーンと恋に落ちるのをあいつはぜったい望まないだろう。なのに、彼女に会いたくて、また、家を出た。

夜だ。雪が降っているが、雪が目に入るのはしばらくしてから。雪が通りに落ちるのを、歩道や窓辺や通りの反対側の軒をおおうのを、ながめる。何時間も待ちつづける。愛している、と言わなければ、きっともう二度と書けない。

教会の鐘がかすかに十五分ごとに鳴り、待っているのをいっそう長く感じさせる。レサーは十五分ずつ足していく。いつも時間はよく承知している。いまは六時をまわったところ。やっと、背のやや高めの女が、ブーツにケープという姿で、ブロンドだがほんとうは黒い髪の上に雪にまみれたグリーンのウールのハットをかぶって、角からあらわれる。雪にかすむ街灯の光のなかの彼女を、レサーはじっとながめる。通りをわたって、名前を呼ぶ。

アイリーンは、見ず知らずの者を見るように、見つめる。それから、しかたなさそうな顔になる。

レサーは、レサーだ、と名乗る。ほかのだれになれる？

彼女は、美術館の外で出会った日にどうして「シャローム」と言ったのか、知りたがる。

「知らない人間じゃないから」

「白人だってこと？　ユダヤ人だってこと？」

「親しいってこと、かな」

「ここでなにをしてるの？」

「単純だよ」レサーは言う。「愛している、ときみに言いに来た。きみも知りたいんじゃないかと考えてたんで。ここ数日ずっと言いたくもあったし、言いたくもなかった。理由はわかると思うけど」

彼女はそんなに驚いているふうではないが、目はとまどっていて、やがて動く。見極めがつかない、結局は知らない人間なのか。

「メアリーに興味があるんじゃなかったの?」

「なかったとは言わない。寝たのはぼくにはきみがいないからだ。レキシントン街できみとビルを見て嫉妬した」

彼女はレサーの目をまじまじと見る。「わたしを好きになったのはウィリーのユダヤ人で白人の女だから? つまり、そういうことに関係があるの?」

「おそらく。そう言いたくはないけど」

「黒人との、前科者との惨めな生活からわたしを救い出したいわけ?」

「ぼくの愛は純粋に愛そのものだ。きみはあいつを愛しているの、いないの?」

「前に言った通りよ。もう終わった、とよく話してはいるけど、どっちも動き出さない。かれにとってはいまなお、自分の白人のビッチに対抗するものとして自分の黒人の本がある。週末には会ってるけど、おたがい、楽しくもなんともない。どうしたらいいか、わからない、わたしにも。かれのほうから先に手を打ってほしいんだけど」

「愛してる、アイリーン、きみが欲しい」

「欲しいって、どういうのが?」

「長くずっと」

「わかりやすく言って。あんまり頭の切れるほうじゃないので」

「本を書き終えたら、結婚したい」

彼女は動揺し、求めるように両目がかれの目を探ったが、しかし、苦笑いをみせる。

「あなたたち、そっくり」

「ぼくは書かなくちゃいけない、しかし、書くだけじゃおさまらない」

アイリーンは耳を傾けていたが、やがてかれの手をとる。ふたりは冷えた唇でキスをする。

「ブーツ、漏れるの。足がびしょぬれ。階上（うえ）に行きましょう」

建物のなかにふたりで入る。アイリーンがブーツを脱いで黒いタオルで足を拭くのを、レサーは見つめる。

「コートを脱いでよ」彼女が言う。

ベッドルームにはダブルベッドがあり、ヘッドボードの上の壁には黒人のキリストの絵がかかっている。

「なんで黒人のキリスト？」レサーは訊く。

「白人の絵はどんなのもウィリーがかけさせない。わたしは花の絵はかけたくないし——花はほんものが好きなの」

「でも、なんでキリスト？」

「ラップ・ブラウン*っていうのもちょっとね。黒人のモーセ**っている？　わたし、神を信じてるの」

窓の向こうでは雪がはげしく降っている。

「わたしたちがいましようとしてること、怖い、けど、したい」

「ウィリーのこと?」

「自分も」

「愛してる、きみはラブリーだ」

「自分のこと、ラブリーなんて思ったことないけど。いつもトンチンカンだと思ってる、調子っぱずれで、不満ばかり言ってるやつ。それに、またしても物書きに関わるのが怖い」

「いまは自分の生活に自信がもててきたって言ってたよ、こないだ」

「行ったり来たりよ」

「きれいだよ、アイリーン」

「そんなふうにはかんじない」

「ぼくのなかでかんじればいい」

ベッドで、彼女はかんじる。ともに、キスし、探り、噛み、かきむしる。彼女の花のような香りの肉をかれはなめる。かれの肩に彼女は爪を食いこませる。おたがいの情欲にかれは昂揚する。彼女は、驚愕したかのように、稲妻にあたったかのように、イキ、両脚をかれの背中に叩きつける。かれは彼女のなかに出す。

しばらくしてアイリーンが訊く、「わたしって黒人のにおいがする?」

「するのはきみのセックスのにおいだよ。気持ちは黒人なの?」

「気持ちいい。後ろめたい気もするけど、気持ちいい」

「はやく金髪じゃなくなってほしいよ。黒髪になってほしい」

「もうそうなってきた」

ふたりで横になり、レサーは仰向けに、アイリーンは横向きになって顔をレサーの顔にくっつけている。吹きつのる雪が窓をチンチンと鳴らすのを見ながら、レサーは、ビル・スピアは大きながらんとした建物のなかでひとりでキッチンテーブルで書いているのだ、と考える。雪が白い靄になってかれの頭のまわりをまわる。

自由の国だ。

＊ 1966年に結成され「ブラックパワー」というスローガンを広めることになったブラックパンサー党の指導者のひとりで、ダズンズが得意でラップ＝しゃべりが達者なところからそんなニックネームがついた。
＊＊ 本書刊行とおなじ年の1971年には黒人のソウル・シンガーのアイザック・ヘイズが『黒いモーセ』というアルバムを発表し、ビルボード誌のR&Bアルバム・チャートのトップに躍り出た。

レサー、聞いてくれ、歌を書いた、

この熱い真っ赤なソーセージにマスタードをつけて
　あたしはあたしのお肉を食べよう、
このハンバーグにオニオンをのっけて
　あたしはあたしのお肉を食べよう、
このスペアリブにバーベキューソースをつけて
　あたしはあたしのお肉を食べよう、
ベッドになにもつけずにのっかって
　あんたはあたしのお肉を食べるのね。

だれについての歌、ウィリー？
ビルでいい、レサー、ビルと呼んでくれ。
ビル――わかった。
このおれと愛（いと）しのサル*だよ。どう、お気に召したかい？

雲がマンハッタン島の上に高く積みあがる。○

雷鳴が雲をひきちぎり、
稲妻がサッとはしり、
雨がどっとふりだし、
風がとび、
ココヤシの木がかたむき、
波が岸辺の岩にくだけ、
死んだカモメは朝になれば浜辺にならび、
海には腐った魚がうかび、
嵐がレサーをおこし、
レサーはベッドにしがみついて、

＊「愛しのサル（マイ・ギャル・サル）」は、１９０５年にポピュラー音楽の作曲家ポール・ドレッサーがつくった曲で、親しかった売春宿の女主人サリーのことを歌ったもの。弟の作家セオドア・ドライサーが、後、兄の波乱に富んだ生涯を書くと、それをもとにして１９４２年に設定をかなり変えてリタ・ヘイワース主演でミュージカル映画『愛しのサル』がつくられ、その主題歌となった。多くの歌手によって歌い継がれ、１９６５年にはバール・アイヴスの歌で大ヒットした。「みんな、あの子を〈軽いサル〉と言うけれど」とはじまる。

明かりをつけないと真っ暗だから、
明かりをつけようとするが、
真っ暗で、
影の舞う階段をかけおり、
マッチを何本もすって、
ブレーカーのある地下室にはいり、
明かりがつくと、
知らない男がセメントの床にたおれていて、
片脚を膝のところできりおとされ、
熱い暖房炉の前に横になっていて、
ズボンの片脚は血だらけで、
床にはぬるっと血だまりがあり、
レサーは悲鳴をあげ、
血の流れる片脚が転がっているのも目にはいらず、
階段をのぼってウィリーに、
なにをしたんだと言うと、
ウィリーは白い骨をしゃぶっていて、
食ってるそれはなんだ、ミスター・ボーンズ?

バカにすんなよ、レサー、
おまえのほんとうの声はしっている、
なにを食ってるんだ、ビル？
鶏の胸肉だ、
白いところだ、
神にちかってか？
でっかい骨にみえるが、
豚足だよ、ぼうず、
コーシャー（ユダヤの律法にかなっている食品や調理のこと。鶏肉は食していいが、豚肉は食してはいけない）の肉だ、たべたいか？

アイリーンが呻き声をあげる。レサーは浅い眠りから目を覚まして、ベッドランプをぱちんとつける。

○

ある晩、黒人のキリストの絵の下で、ベッドに彼女と横たわりながら、レサーは、いつビルに話そうか、と訊いた。

「なにを話したいの？」

「つまり、きみが話すのか、ぼくが話すのか、それともいっしょになのか」

「もうすこし待ってもいいんじゃない?」だんだん黒くなっていくたっぷりの髪の頭を枕にのせてアイリーンは横になっていた。とてもラブリーだが、いまの質問で彼女が不安そうになったのがわかり、レサーは心配になった。目が暗くなっていたのだ。

「自然に消滅するのにまかせておけば?」

「なんか、すごく気になってしかたない」

「ウィリーのほうから言いだしてくれるといいんだけど——おしまいだ、とわたしに言ってくれたら。でも、じっさい、言わなくちゃいけなくなったら、わたしから言いたい」

「早いほうがいい。金曜日にはきみのところに来る」

「そんなに気になる?」

「かれがきみと寝るつもりでも、きみは気にならないのか? きみはもうあいつのビッチじゃないんだ」

「なにそれ、そんな言葉、つかわないでよ。あいつがつかう言葉で、あなたのじゃないから」

「だれの言葉であれ、きみをあいつとは、いや、だれとも共有なんかしたくない。きみにはぼくがどうでもいい存在だとしても、そうでないとしても」

「あなたはどうでもいい存在じゃない、けど、ウィリーがすっかりどうでもいい存在というわけでもない」

「かれと寝つづけようなんて、まさか考えてないだろ、ぼくとも寝ながら」

「セックスはいまはわたしにはたいしたことじゃない」アイリーンは言った。

「じゃあ、なにが？」

「たとえば、ウィリーは昨日ここに来たのよ」

「来た？」

「シャワーを浴びに。シャワーを浴びて、下着を着替えて、帰ってった。わたしは、あいつがシャワーを浴びてるあいだに消えたけど。セックスといってもその程度。かれが別れたがってるのは知ってるけど、率直な話、ちょっとでも書くのをやめたら、またきっとわたしを欲しがると思う。もちろん、わたしはいつでもどうぞってわけじゃないけど。わたしにはやるべきもっと大事なことがあるし」

「ぼくみたいに」

「意味、わかるでしょ」

彼女は櫛に手を伸ばし、すわると、髪をゆっくり数回とかした。

「信用してよ、わたしを」

「信用する」

「セックスは大事なことじゃない」

「じゃあ、なにが？」

「大事なことは、ここを出ていったらウィリーはどうなるかってこと。ほとんどお金はもってないんだし。どうやって生活して書いていく？　それが心配。作家になろうと格闘してるのよ——昔は監獄にいて、いまはじっさいに書いてる、短編だか長編だかを。そういうのって、なんかすごく感動的な人生だって思う。ものすごくこころ動かされる。かれはそれをつづけなくちゃいけない」

「あいつはつづけるよ」

「だから心配なの。たしかに、いまはあなたのいる気味悪い建物に家賃を払ってない、けど、生活費はないのよ、ほとんど――ハーレムのブラック・ライティング・プロジェクトという組織からちょっぴり補助金はもらってるけど、あんなの、一週間のパン代で消えちゃう。かれと約束したの、かれの本の前払い金みたいのが入るまではわたしが面倒をみるって。でも、結果、どうなってるかというと、かれがここに来てからはずっとわたしが面倒みてる。ナンバーズ賭博とか麻薬の売人とかそんなのにもどってほしくないから」

「それは昔の話だ」レサーは言った。「いまのあいつは気合いの入った作家だよ」

「もしも職探しなんてことになったら、書く時間なんて、ある？　書くのはゆっくりだし、自由な時間も必要なんだし。あなたに会ってからは書くのがいっそうゆっくりになったし」

「あいつがどうするかはぼくには決められない」

レサーはアイリーンに、最初の小説を書いていたときは工場でパートで働いていた、と言った。

「それでも書く時間はけっこうあったよ」

「どの工場もきっとかれには、あなたに払ってた給料の半分しか払わないし、そのくせ二倍は働かせるよ」

「ぼくもめちゃくちゃ働いた」

「ウィリーはきっと嚙みつく」

「そんなことはない、書くことをいちばんに考えてるなら」

「わたしたちがそうじゃないのはわかってるけど」とアイリーンは言い、「でも、すごくいやな気持ちになるの、あなたとわたしはひとりの黒んぼを抹殺しようとしてるふたりの白んぼなんじゃないかなって」

「ぼくはそんなふうには思わないよ」レサーは言った、「結局のところ、ふたりの人間が――きみとウィリーが――いよいよ関係を終わりにすることに同意したってことだ。人間としてのかれを見捨てるというのではないんだから、かれの皮膚の色を見捨てたことにはならない。白んぼがどうのこうのは考えなくていい」

アイリーンはうなずいた。「おかしいのはわかってる、けど、かれは、黒人だということで、しょっちゅう痛めつけられてきた。かれの書いたの、読んだでしょ。こっちはどうしてもそのことに敏感になる。だから、あなたとわたしのことを話すのも気が引ける、言わなくてはとは思うんだけど」

「それは仮定だよ、傷つくだろうっていうのは。きみは、そうならないかもしれないとも言った」

「よくわからないのよ。ウィリーはすごく予測不可能な人間だから」

「ぼくもだよ」レサーは言った。

電話が鳴った。ビルだった。

アイリーンは唇に指をあてた。レサーは、ベッドの彼女の脇、かつては黒人がいた場所に横になって、電話の声に耳を澄ました。

「こんどの金曜はそっち行けない、アイリーン」さえない声。「行くつもりだったが、いまやってる章がなんだかスーッと進まないんで、そこを突破できるまではここにいなくちゃいけない、先に進む、なにか適切なアクションを起こさなくちゃいけないんだ」

「適切なアクションって、どんな?」

「わかってたら、こんなこと言わない」

アイリーンは、かわいそう、と言った。

と同時に、レサーの指をギュッと握りしめた。

ウィリーは、一週間か二週間以内にはそっちに行けると思う、と言った。「そのときにはいっぱいいろいろおまえにしたいと思ってる」

「変に考えすぎないで」彼女は静かに言った。

しばらく沈黙があって、ウィリーが言った、「おまえへの愛がなくなったなんて思わないでな、ベイビー」

そのあと、アイリーンは、不安な目で、レサーに言った。「わたしたち、かれに言ったほうがいいと思う、けど、言うのはわたしにしたい」

「早ければ早いほうがいい、さもないと、面倒なことになる。ぼくも自分の仕事のムードは荒らされたくないし」

「ああ、やめてよ、自分の仕事のムードとか言うの」アイリーンは言った。

いまにも泣きそうになったが、やがてそれを振りはらって、またレサーにやさしくなり、胸にかれの頭を抱きよせた。

○

レサーは、アイリーンに恋をしていると——ウィリーが脇に控えてもいるのだし——生活はややこしくなって仕事のペースも落ちるのではないか、と心配していたが、そうはならなかった。十年も苦闘している本をかたづけるのが、もちろん、最優先だ。しかし、じっさいはというと、夢想にどっぷり耽ると仕事へのエネルギーが新たにもくもくと湧いてくるのだった。葉の落ちた楓（かえで）の木の下を通ると、アイリーンのことが思い浮かび、すると啓示が降りてくる。枝が新芽でふくらんでいるのに気がつくと、書きたいという欲求がいちだんとふくらむ。レサーは気を塞ぐ孤独や、ぽつぽつと出没する不快な嫉妬から解放された。気持ちが広く伸びやかになり、彼方に海があるような気分になったが、そうはいっても、いま生きている世界で客観的な自由を得たなどと思い違いをすることはなかった。それでも、ある意味、このように自由をかんじるのは、こんなに自由だったことはこれまで一度もなかったということなのだろう。アイリーンのおかげで、さまざまな可能性を手に入れられそうな気持ちに、想像力をかきたてる楽観主義につつまれていた。愛が活動していた。しばし難渋することがあっても、それが過ぎると、のびのびとうまく書けるようになった。そして快調に書けていると、未来が開けた。

ほとんど毎日会っていたが、どこかこっそりとではあった。なにしろ、離れたところにいるとはいえ、ビルは彼女のアパートのキーをいまなお持っていたから、いつひょいとあらわれるかわからない。いっしょのところを見つけられたら、かえっていい方向に進むかもしれないが、ひどいことになるかもしれない。レサーとしては、ひどいことにならないのを望んだ。アイリーンとは午後の遅い時間に待ち合わせ、ウェストヴィレッジの通りや公園を散歩しながら、春の気配をさがしてまわった。何軒かのバーに立ち寄り、彼女の知っている何軒かのレストランで食事をした。子どもの頃からの人生について話し合い、しばしば抱き合った。まだほんとうには愛されていないが、昨日よりは今日、だんだんそうなってきている、とレサーは思っていた。こっちのことは信頼してくれているが、自分にはまだ自信はないようだ、とかんじていた。レサーは待つことにしたが、本をどんどん書き進みながらそうしているのは悪いことではなかった。夜のリハーサルのあいだ、ショーがはじまったときは出番のあいだ、彼女の家の近くのバーで待った。彼女の演技を見たかったが、アイリーンには、来ないで、と言われていた。一度、劇場にもぐりこみ、イプセンを演じるのを観た。本人が言っているよりもずいぶんいいじゃないか、と思った。懸命に役になりきろうとしていて、それが感動的だった。舞台の上の声にはおどろかされ、思っていたよりも低音で、力強かった。ときには映画館で待ち合わせて、そのあと彼女のところに行ってセックスをした。いつも、わたしが先に部屋に行く、と言ってのぼっていき、ブザーを鳴らしてドアを開け、それからレサーがホッと一息ついてあがっていった。

作家は、ビルとはほとんど、まったくと言っていいほど、会うことはなく、情況を考えると、ありがたかった。黒人は、困難な章との格闘に閉じこめられて、ほとんど姿を見せなかった。一日中タイプライターを打ちつづけ、夜寝るときも、マットレスの脇に奮闘するマシンを置いていた。ときどきどこかに外出しなくてはいけなくなると、そのL・C・スミスをレサーに預け、その出し入れのさいも、ほとんど一言も口をきかなかった。顔は張りつめていて、というか、ほとんど緊張しきっていて、腫れぼったくなった両目は朦朧としていた。レサーが挨拶しても、応えようとする気力すらほとんどなかった。作家は、そんなビルの女と寝ていること――彼女に恋していること、かれの目下の苦闘を知りながらそれを隠していることを、悪い、とかんじていた。まるで苦境にいるビルをさらに痛めつけているかのようで。だからこそ、真実を話す必要をいっそうかんじたが、しかし、論理的に言って、かれが執筆に問題を抱えていることを考慮すると――悪いニュースでもいいニュースでも――打ち明けられてもだいじょうぶな状態になるまでは伏せておくのがベストだった。

「でも、きみがかれに話してくれたら、ぼくはずっと楽になる」とレサーはアイリーンに言った。しかし、アイリーンにはわかっていた、ウィリーはきっとほとんどすぐまた部屋にあらわれて「話してくれてありがとうよ、アイリーン、でも、おれも、白人の女なしのプランを練ってたんだ、どうしてかはおまえにはわかるだろうけどな」と言うにちがいない、と。ちょっと前にもシャワーを浴びに立ち寄って、「ハイ、シュガー、小銭から十ドルもらった。近いうちに会えると思うが、この重要な章がまだひどく暴れまわってるんで、そんなに近くではないな。じゃあ」と、あいさつのメモのようなものを残していったりしたのだから。

さらに一週間ウィリーと会わない日がつづくと——とうとう四月に入った——アイリーンは、片方の目にときどき沈鬱な表情をみせることはあっても、総じて、ぐんとリラックスしてきた。ベッドの上でなくてもレサーに気軽に情愛をしめすようになり、まるで結論は明確になったというふうだった。つまり、ウィリー・スピアミントとの関係は——ウィリーがいなければ関係というものもないのだし——自然消滅的に終わったのだ、と。服の引っぱり合いとか汚い罵り合いといった深刻なストレスもなく。自分のやりかたを貫いてきてよかった、ウィリーもだれかを責めたいのならまず自分自身を責めなさい、と。

レサーはいちどアイリーンに、あの雰囲気、黒人の生活の黒っぽさから離れてさみしくはないか、と訊いた——ウィリーとのあいだで味わった程度の範囲のものであっても、と。「いくらかは」と彼女は言った。「けど、いまでもそれなりにすこしは味わってる。メアリーにときどき会ってるから」——レサーの無表情な目を見つめた——「でも、友だちでもなかったひとたちのことはさみしくなんて思ってない。ときたま、何人かをひょいと思いだしたりすることはあるけど。サムは好きだったよ、あなたもかれとは付き合ったほうがいいと思う。ウィリーはよくハーレムに連れていってくれた、いっしょにあちこち出かけるようになりはじめた頃ね。しょっちゅうカーニヴァルか、トリップでもしてるみたいな、独特なかんじだったよ。でも、ブラザーのひとりに——ジェイコブだったと思うけど——なにか言われてからは、わたしを連れていくことはなくなって、かれ、ひとりで行くようになった。おまえには、ほんとうのところ、ソウルはわからないような気がする、とまで言いはじめて。それにはすごく傷ついて、それも原因だと思うけど、わたしも疑いをもつようになった」

彼女の髪がまた伸びてきてブロンドの頭に黒い帽子のようになった。バスルームにいつもぶらさがっていた二枚の厚手の黒いバスタオルを、彼女はきれいにたたんでクローゼットにしまい、黒人のキリストの絵は、壁から下ろして茶色の紙につつんで隠した。爪は伸びてきた。眉毛は抜いて濃くまとめ、ていねいに整え、ときには千切れた翼のように見えた。自分の顔を、というか、おそらく、自分のなかのなにかを取りもどしはじめていた。自分にやさしくなってきたようだった。ある日、彼女はレサーに、芝居はやめることにした、と言った。「わたしには才能がない。いまやってる舞台が最後って決めた。人生を変えたいの、ほんとうに。もう十分いろいろ経験もしたし」

ほかにどんなことがしたいの、とレサーは訊いた。

「まあ、だいたい察しはついてるでしょうけど、そのほかにも、たとえば精神分析医のところにでかけていっても、自分の告白がつまんないことばかりでいやになる。分析医も、あくびを隠そうともしないよ」もうほんとうになにも言うことはない、と彼女は言った。「かれにべたっとくっついていたかんじだから、ひとりになるのはちょっと怖いけど、このままだとずるずる終わりになる気がする」どこかほかの街へいっしょに行かない、と彼女は訊いた。ニューヨークにはうんざりしてきた、ほんとうに興味のもてる仕事を見つけるか、あるいはしばらく学校にもどってみるのもいいかもしれない、と。

「サンフランシスコに引っ越すことを真剣に考えてみない、ハリー?」

「いいよ、かたづいたら」

あと二ヶ月もすれば、あるいはもっと早くか、小説を真実のしかるべき終わりに持っていくことができるだろう、自然とそうなっていく、とかれは思った――じっさい、このところ、動きだしているし。そうしたら、すばやく集中して最後の修正を、必要な数ページにほどこせば、完了だ。

「三ヶ月か四ヶ月って考えていいかな、あるいは、遅くとも五ヶ月？」

「だいじょうぶだ」レサーは言った。

アイリーンは、ウィリーに手紙を書いて荷物をふたつの箱にまとめておくから取りに来るように頼む、と言った。

「それをかれの部屋のドアの下に滑りこませておいてくれる？　それをかれが受けとったところで、必要な話し合いをするということにすればいい」

「書いてくれ。あいつの部屋のドアの下に入れとくから」レサーは言った。

その後、通りに出ると、アイリーンはしきりに振り返った、まるで、だれかが追いかけてきてレサーに、頼むから別れてくれ、おれのビッチと二人きりにしてくれ、と言ってくれるのを期待しているかのように。しかし、ウィリーは、いたとしても、まったく見当たらなかった。

○

ある朝、ビルが、レサーのドアをノックして、ろくに顔を合わせようともしないで、黄色の紙の束をレサーの手に押しつけてきた、およそ四十枚。数枚はきれいにタイプで打ってあったが、ほとんどは染みや脂で汚れ、行やパラグラフは横線や×で消され、行間には書き直しの文が薄汚くあふれ、余白にも鉛筆や紫のインクの書きこみがあった。

顔はやつれていて、疲れきって暗く沈んだ目は、ワイヤーフレームの眼鏡のむこうでなかなか焦点もしっかり定まらない。顎ひげともしゃもしゃの口ひげはろくに切ってなくてぼさぼさで、まるでオーバーオールを着たまま水に浮かんでいたかのよう。二十ポンド（9キロ）減った、と言った。

「調子はどうだい、レサー？　あんたのとこのドアを毎晩ノックしてるけど、開けてくれない。おれに居留守をつかってるのかな、それともいよいよ楽しく遊びはじめたのか？　あんたら若いもんはわしら年寄りよりもお盛んだから」

そして疲れ果てたふうながらもいわくありげにウィンクした、顔はつるつるに乾燥していた。レサーは心臓の鼓動が急に速まるのをかんじ、アイリーンとの情事を勘づかれたのでは、と疑ったが、すぐに、そんなことはない、勘づかれちゃいない、と判断した。彼女はまだ手紙を書いていないのだから。それでもレサーには、これまでビルにきっぱり言っておかなかったことが気になった。まいったなあ、言うべきなんだろう、いまさらでも、いますぐに。そして、彼女にはお遊びだったんだし、とも思った。しかし、ビルとはある種の関係ができてしまっていて、限界はあってもそれなりに円満にやっているのだから、おなじ建物にいることでもあるし、オープンにアイリーンと愛し合いつつ、この元愛人とも穏当に付き合っていきたい、と願った。ともに作家で、同じところで仕事をし、おなじ問題を抱えているのだから——経験にちがいがあるので程度にこそちがいはあるが、と。

「最近はけっこう外に出ようと思ってね」レサーは、いやいや手に持ったビルの原稿にちらちら目をやりながら、説明した。「しばらく原稿は穴に落っこちたみたいになってたんだが、このところやっと抜けだしたんで、こっちもすこしは抜けだせるようになったってこと」

ビルは、噛みつくように耳を傾けていたが、うなずいた。

「荒れたぐじゃぐじゃしたところから脱したってわけか？」

「そうだ」

レサーは、新たにいいかんじに仕事が進みだしたこととの自分なりの理由は隠したので、汗がでてきた。

黒人はため息をついた。

「おれのほうは計算したくもないくらい時間ばかり食って部屋じゅうが臭くなってる。あんたがいま手に持ってる章なんか、何週間もゴミ置き場を漁って取りもどしてきたしろものだ、ほかの連中が捨てたり廃棄したぼろ靴やこわれたハサミのなかを引っかきまわしてな。リチャード・ライトみたいに書いたり、ジェームズ・ボールドウィン風にしようとしたりもしたが、するとぜんぜん自分のものを書いてるって気にならない。だから、最後は自分のアイデアをぶちこんだが、まるでパッとしない。おれのこころのなかにはスウィングしてる連中がいっぱいいるのに、そいつらも、おれが言葉にして書くと、ぶっ倒れて死んじゃってるんだよ。なあ、自分の書いてるものが自分の狙ってるほうにぜんぜん進んでいかないときの気色の悪さってまったくいやになるよ、うまくいってくれと心底からお願いしてるのに。ほんとうに本が書けるのかって疑問も湧いてくる。おれのはでかくてしゃぶられても持ちがいいっていうのに、まったくおれは男でもないんじゃないのかってうざい疑いをもったりする。士気もあがらなくなって、いいことない。朝に目をあけると、でっかいタイプライターがこっちをにらんでるんだ、まるでくそったれのワシみたいに。そいつの前の椅子にすわるのも怖くなる、まるでキーの一個一個が歯で、おれの肉に噛みつこうと立ちあがってくるようなかんじで」

「勇気ある者だけが美しきものを得る」レサーは言った。

「なんだって？」

「詩だよ」

「黒人の、白人の？」

「ジョン・ドライデン、イギリス人だ（17世紀の詩人で、「アレクサンダーの饗宴」の一節）」

「よし、読むよ。ともかく、今日ここに来たのは、この新しい章がどの程度のものになってるか、あんたに見てもらいたかったからだ。前に読んでもらったのに出てきたハーバート・スミスって子についての話だ、アッパー・ハーレムの路上でどう育ち、どのようにして将来への希望をなくし、クソとストレスだけの不当な人生に入っていくことになったか。その子の母親がめちゃめちゃ手強いんだよ、おれが殺そうとすると。簡単に死なせることができない、もう二十回ぐらい書いてるから、母親もそろそろ精魂尽き果ててもいいはずなんだが。そんなことがあってからはほかのことにもいろいろ疑念が湧いてきた、初めてつかうテクニックなんでうまくできてるかどうかがわかんないとか。もう、それがこのところずっと悩みの種で」

レサーは、結局、読むことに同意したが、それは、自分がビルの女に恋していることをビルが知らないからだった。

いやいや引き受けたのが見え見えだったのか、ビルは心配そうな口調で言った、「だれかにざっと読んでもらってどうなってるか教えてもらわないと、頭が変になりそうで。アイリーンに読んでくれって頼むことも考えたが、ここんとこずっと離れてるんだよ、この――このガキの母親のことを書いてるあいだはずっと、そうすれば集中して書けるだろうと思って。それに、どうしようもない癖がアイリーンにはあって、おれが見せるものはなんでも、いいって言うんだ、たいしていいものでなくても」

「自分ではどう思ってるの？」

「わかってたら、あんたに頼まない、神に誓って、ぜったい。こっちが読もうとすると、字がサ、なんともよそよそしく見えてくるんだ。今日すぐ読めないか、レサー、そして、三十分ばかり、ラップ調に意見交換したい」

レサーは、すぐれた本のほとんどは不安のなかで書かれている、と言った。

「なるほど――だから、結果、本は書くのがつらくなるんだな。おれはこんな路面電車みたいなのろのろからさっさと抜けだしたいよ」

レサーは、まだ葛藤があったが、今日の分の仕事が終わったら読む、そしてきみのところに行く、と言った。

「このパートがかたづいたら、ほんと、ホッとする」ビルは言った。「一ヶ月以上も鉛の玉を抱えた隠者をやってたんだから、あいつといちゃつくのを楽しみにして。なあ、あいつ、けっこううっとうしいけど、いいタマなんだよ」

レサーはなにもコメントしなかった。

「あいつは、ほっとくと、自分にも相手にも満足できないやつで、こっちがなにを言ってやっても、自信ってものがもてない子なんだ。自分を分析しようともしないし、自分への不満をやめようともしない。こっちの言葉がつうじるのはセックスしてるときぐらいよ」

「愛してるのか?」

「おいおい、あんたの知ったことか」

レサーはそれ以上訊くのをやめた。

「あいつに会うかどうかは、あんたがいま手にもってる原稿次第だ。うまくいってる、ないしは、けっこういい線いってる、とあんたが言い、おれもそれに納得できたら、この週末はあいつのとこでのんびりする。しかし、もしもあんたが、そう――うん――もっとやってみろ、と言い、おれもそう思ったら、おれは部屋にこもって、またがちゃがちゃいろいろやってみる。とにかく、読んで、教えてくれよ」

レサーは水飲み用のコップに半分ほどウィスキーを注ぐと、暗い気分でウィリーの作品を読みはじめた。

第一章はよかったのだから、この章もとうぜん期待できたが、レサーはどうにも読む気になれなかった。さっさと階下におりていって原稿をビルに返し、うまくいっていないと思う理由なりなんなりを訊くことにしようかと考えたのは、じっさいの話、客観的に判断できるとは思えないからだった。よくできている、と言えば、アイリーンのところにすっ飛んでいくだろう。それはそれで悪くはない。そうなれば、その場で、彼女はずっと言えずにいたことをビルにむかって言わなければならなくなる。彼女がかれに言うか、あるいは、レサーがひそかに想像しているよりもむずかしい状況に三人が入っていくか。

○

どんどん落ち着かなくなりつつも四十ページ、行間や余白への書きこみもすべて拾いながら読んだ、それから汗だくになりながらすべてのページを読み直した。しまいには静かに呻き、まもなく惨めな気持ちになった。最初の数ページは荒っぽいながらも印象的だったが、原稿は、ぜんたいとしては、そうとう格闘の跡はあったが、空しくも悲惨なものだったのだ。

ハーバートの母親がある晩息子をパン切りナイフで刺そうとするところからはじまっていた。息子は母親の体臭で目が覚めた。息子がどさどさと階段を駆けおりて逃げだすと、母親はトイレに転がりこんで洗剤を口いっぱいに飲みこみ、それからベッドルームの窓から飛びおりた、苦悶と怒りと無力の叫び声をあげて。――そんなふうに人間の悲惨さがあふれる凄まじい四ページで力強くはじまっていたが、残りの三十六ページは、母親の生と死がもたらしたものを息子のこころのなかにストレートに投げこんでいて、ひどい出来だった。ビルは意識の流れのようなものを採りいれ、連想を過剰なまでにつかかっていた。詰めこみすぎなのだった。レトリックが、少年の自己憎悪や、セックスと暴力の強烈なファンタジーに用いられていたが、けばけばしくてデタラメで、素直で伸びしろのある少年の感性にはまるでそぐわなかった。そこかしこに考察や反省がぽつぽつとあらわれ、それらはオリジナルで真正なもので感動的ではあったが、それらもしきりに書き直された結果、言葉は灰と糊の山と化していた。ビルの問題点は、ひとつには、革命的な精神を予見するようなものにしたいとしながら、そのようなものにはほとんどなっていないこと。また、フィクションのなかで自分の重荷を――これまでの人生を――帳消しにしてしまおうとしているところも問題だった。そのこと自体はかならずしも悪いことではないが、それにこだわりつづけるのは悪いことであり、ビルはこだわりつづけていた。その結果、この長い章では、だれひとり、ほとんど生きた存在になっていなかった。かろうじて少年だけが死に損ないのゾンビーといったところだったが、たまに発作的にそうなることはあっても、まともな人間的な感情をもてずにいた。少年が思い描く母親は、過去のであれ未来のであれ、息で曇った緑のステンドグラスの蓋のついた浅い墓に閉じこめられて、ぷかぷか浮遊していた。いるべきところから死人が漏れでているのだった。

　まいったな、こんなことを言ったら、やつはおれを心から憎むだろう。どうしてまた、おれはこんな面倒事に首をつっこんだんだろう？　いったいだれがウィリー・スピアミントをおれに取り憑く悪霊に仕立てあげたんだ？

レサーは嘘をつこうかともよく考えた。いくつか戦略を考案しては捨て、結局、目の前の飲み物に頼ることにした、これを飲み干し、さらにもう一杯飲めば勢いがついてきっと名案も浮かぶだろう、と靴下をはいただけの足でビルの部屋につづく階段を駆けおりた、この章についての正直な感想を言おう、勇気が消えないうちに、と。

でたらめを言ったりはぐらかしたりする必要はなかった。原稿をさらにもっと読んでほしいとビルが頼むようなことがあったら、レサーはフォームの問題にかぎって改善のためのよりよい方法を提案する、というのがふたりの合意だったのだから。そして、ビルのほうとしては、我慢して耳傾けると約束していたのだから。

かれはそうした。レサーもそうした――オープニングはいいが、ぜんたいの出来は満足できるものではない。一章よりは野心的で、そのこと自体はいいが、しかし、意識の流れ的なものは必要ない――少なくとも、こんなに多くは要らない、まるで溶岩みたいに垂れ流しになっていて、積みあがって重くなり、ひとりの意識の上に岩のようにのしかかっている、二十ページかそれ以下にまとめたほうがきっと効果的だ。もっと減らすこと、軽くすること、カットすること、書き直すこと。ここはこうする、ここはこういうふうにやってみる、ここのそこは削ってみる、そうすればもっと効果のでる原稿になるんじゃないか。レサーは最初はクールに話していたが、内心では、なんの資格があって、と自問していた――フィクションの技術についてなにをえらそうに語っているのか――十五年書いてきた成果は、たかだか、よかった本が一冊、ひどい本が一冊、未完のが一冊ではないか？　それに、そもそもの話、ひとりの作家がべつな作家に本の書きかたを伝授できるものなのか？　理論的には可能であっても、実際的には有用？　無用？　あてにならない？――だれがわかる？　しかし、乗りかかった船で、だらだらとつづけた、ふたりとも床に脚を組んですわり、レサーは靴下をはいた足をにぎって、じつに真摯に体を前後に揺らしながら話し、ビルは辛抱強く耳を傾けながら相手を注視し、深刻そうに賢明そうにうなずき、腫れぼったい目は、客観性をもとめながらも、ピンク色に染まり、体はこわばっていた。レサーはそのことに気づきながら話しつづけたが、心底ではイライラしていて、口はどんどんからからに乾いていって、話し終えたときには臆病そうな笑みをうかべていた。まるで崖から身投げするようにに自分をみちびいていったような気分だった。はっきりわかったことはひとつ、とんでもないまちがいをおかしたということ。この男に文学のアドバイスをするなんて、そもそもすべきじゃなかったのだ。話すべきことはアイリーンと自分のことだった。結局はそういうことなのだから。なんてバカなんだ、おれは。

そこで、まるで前言を撤回するかのように、「ビル、きみの本をわたしはこれ以上いじくりまわすべきじゃないと思う。この段階までできたら、きみがいいと思ってやっていることをどんどんやるべきだ。疑わしいところがあっても、第一稿がすっかりできあがるまで待って、それからどう変えるか決めるべきだよ。全員の過去がわかれば、かれらの未来をどう動かすかもわかる」

ビルはまだうなずきながら目を閉じていた。そして開けると穏やかに言った、「全員のろくでもない未来なんか、すっかりわかってる。おれがいま知りたいのは、意識の流れについてあんたが言ったようなことなんかじゃない、どっちみち、あんたのやりかたじゃなくておれのやりかたでやるんだから、そんなことじゃなく、ここまでのところ少年とそのママはうまく書けてるのか？　ふたりはリアルなものになってるのか？　そのことについてちゃんと言ってくれ」

「母親の死まではよくできてる」レサーは言った、「しかし、その先、少年の意識のなかのほうはそうじゃない」

不気味な叫び声をあげて立ちあがると、ビルは原稿を壁に投げつけた。バシッという音とともに、黄ばんだ紙が床に舞い散った。

「レサー、あんたはおれの心をグシャグシャにして混乱させようとしてる。フォームについてのたわごとのなんだかんだはぜんぶ図書館で読んだが、クソだ。あんたはくだらねえフォームとやらに興味があるようなふりをしておれの自然な書きかたを潰そうとしてるが、ほんとうのところは、おれがおれの本で書こうとしてることが怖いんだろ、おれたち黒人はおれたちを欠陥品あつかいするあんたら白人を殺さなくちゃだめだって言ってんだから」そして声をはりあげた、「まったくおれも偽善者のゲス野郎だよ、ユダヤの白人におれのソウルの表現法についてアドバイスしてくれと頼んだりしてな。どうせ、書いてあることをいちいち潰していくっていうのに。おれも、フックにでも吊るされてそこいらのブラザーどもにきんたまをちょんぎられてもしかたないかもな、おまえのきんたまは白人のかって言われて」

レサーは、これかこれに似たことは前にも見たことがあったから、部屋から急いで飛びだした。
○

十分後、火にかけていたフライパンからハンバーガーをとると、ガスを消した。靴の紐を結び、ビルのところへ階段をとんとん降りてもどった。

黒人は裸でテーブルの前にすわり、うつむき加減で原稿をにらんでいた。眼鏡はかけていたが、まるで目が不自由であるかのように読んでいた。ずんぐりした体が、天井からの照明をうけて、岩を削って彫った記念碑のようにみえた。

レサーはおどろいて自問した、なにかの苦行でも自分に課しているのか、それとも、熱くなった自分を冷ましているのか？　紙の上に創りあげられた黒人と生身の自分を比較しているのか？　それとも、黒さのパワーを魔法のように放出しているのか？

「ビル」感情をこめて言った、「あんなことを言ったが、もっと大事なことがある」

「おれは書くのをやめる」黒人は言って静かに顔をあげた。「あんたのせいじゃない、レサー、だから気にしないでくれ。決めたんだ、これは男のやることじゃない、体の骨が腐っちまうって。こころがむしばまれるって。やらなきゃならないことがなにかはわかってるんだから、それをやらない手はないだろう？　ぶっこわれたケツを動かして、ほんとうの行動に出ないとダメなんだ。苦しむブラザーたちを助けないと」

「芸術も行動だ、あきらめるな、ビル」

「行動がおれの行動だよ」

「わたしの言ったことは忘れて、きみがやらなきゃならないように書けよ」

「行動をおこさなくちゃ」

ビルはドアに、それから窓にチラッと目をやった、将来の方向を決めようとしているかのように。

「おれに言い足りなかったことってなんだよ?」

「こういうことだ」レサーは言った、これまであちこちにいたが行くべきところはひとつしかなかったとばかりに。「アイリーンとわたしは愛し合ってる、わたしの本がかたづいたら結婚しようと話してる。きみはどっちみち気にしないだろう、とぼくらは思ってた、きみは彼女とはほとんど縁を切ったし。きみはわたしにも彼女にもそう言ったし。もっと前に話したかった」

ビルは、咀嚼しながら、うけとめはじめた。かなしげなゾッとする呻きが、長く苦しそうな嘆きが、大地の割れ目から噴出するかのように、かれの腹からせりあがってきた。

「あいつはおれのほんとうのビッチだ。あいつがいま知ってることはぜんぶおれが教えた。おれが教えるまではファックもろくにできなかった」

かれは立ちあがり、壁に頭をぶつけはじめ、そのうちガラスが割れて床におちた。頭は、ミシリドシリ、音をたてて跳ねかえり、しまいに壁の絵に血が飛び散った。レサーは苦しく恐ろしくなり、ビルの両腕をつかんでやめさせようとした。黒人はからだをねじってすりぬけると、レサーの首を絞めて、唸りながら、その頭を壁に打ちつけた。レサーはぐったりと膝をつき、目が眩むような痛みに頭をつかんだ。血が目にながれてきた。ビルは、両腕でレサーをひっつかんで持ちあげ、窓のところまで引っぱっていった。

レサーは、意識がもどってきて、窓枠の両側をしっかりつかむと、恐怖からの馬鹿力で押しもどそうとしたが、黒人は、血管を膨らませ、猛烈な力で押してきた。窓が割れて、ぎざぎざになったガラスが下の路地のセメントに落ちて砕けた。レサーには、落下していく自分、脳がそこいらじゅうに飛び散るさまが見えた。作家にとってはなんと惨めな最期か。本にとってはなんとバカバカしい惨めな最期か。荒廃した屋根という屋根の上空では、月が、とりまく重たげな雲に光の覆いをかぶせていた。下では、濃い闇のなか、遠くで赤い光がきらめいていた。月がゆっくりと黒に変わった。世界の夜がすべて凝固して痛みの四角い塊となってレサーの頭に入ってきた。

声をはりあげながら、踵をウィリーの裸足に蹴りつけた。黒人は喘いで、押さえが一瞬ゆるんだ。レサーは黒人の汗ぐっしょりの腕からすりぬけ、ふたりは組んずほぐれつ揉みあいながら部屋のなかを転げまわり、テーブルがひっくりかえってタイプライターが床に激突した。ランプが倒れて、明かりが不気味に床からのぼってきた。ふたりはふたつの影のように旋回した。ウィリーの目はギラギラひかり、息は、金属でも叩いているかのようなキーンキーンという音を鳴らした。ふたりは唸りながらたたかい、動物の叫びを発し、ウィリーは足をひきずり、レサーはなんとかドアのほうに向かおうと動いた。ふたたび組み合うと、黒人は引っぱり、レサーは突き放そうとした。離れてはつかみ合い、ふたたびがっちりと絡み合い、血だらけの頭がぶつかった。

「ペテン師のユダヤのチンポが。おれにはどっぷり書くように仕向けておいて、おれのビッチをとりやがって」

「やめよう、話し合おう、これじゃふたりとも死んじゃう」

「おまえを憎みつづけるのを忘れたのがまずかった、白人のクソなのに。もうこれからはおまえを憎み殺す」

ふたりとも相手を離さず、レサーはウィリーを窓から突っ返そうとし、黒人は、体をこわばらせて、脚を引いて靴の襲撃を避けながら、レサーを割れたガラスのほうへと追いつめていった。ドアがいきなり開いて、レヴェンシュピールが、なんだこれは、という顔で見つめた。かれは両腕を振り回した。「おまえら、薄汚いろくでなしどもが、裁判所命令をもらってくる」

ふたりは飛びあがって離れた。ウィリーは服をかきあつめると、ひっくりかえったテーブルをまわり、仰天している家主の後ろから、部屋の外へ消えた。

レサーは床にすわってシャツの裾で顔をぬぐい、仰向けに倒れた、胸が波打ち、口で息していた。

レヴェンシュピールは、毛深い手の片方を胸にあてて、血に汚れたレサーの顔を見下ろし、病気の親戚を相手にするかのように言った。「おいおい、レサー、自分のしたことをよく見とけ。汝の最悪の敵は汝だな。裸の黒んぼを家に引っぱりこんで。わたしの忠告をきかないで出ていかないっていうんなら、いずれは自分の墓でバンジョーをかき鳴らすような朝を迎えることになるぞ」

○

レサーは顔を洗いながらアイリーンに二度電話した。だれも出なかった。頭の傷の上の髪を梳かし、血で汚れたシャツを着替え、タクシーで彼女の家に急いだ。

着くと、ウィリーが来て帰ったあとだった。アイリーンはまだ苦しそうにしていた。ウィリーは靴もはかずにやってきて、アイリーンが詰めておいた箱からスニーカーを取りだすと紐を締め、手と、ふくらんだ血だらけの額を石けんで洗った。辛辣な言い合いになった。ウィリーは傷だらけで、息も荒れ、怒り狂い、目は狂暴になっていた。ウィリーが引きあげるときには、アイリーンの目のまわりには黒あざができ、口元は膨れあがっていた。レサーがあらわれると、アイリーンははげしく憤慨して泣きだした。バスルームに行って泣きわめき、水をトイレに流し、また泣きわめきながらもどってきた。裸足で、黒のブラジャーにペチコートという姿で、髪は上でまとめて木のバレッタで留めていた。口は歪み、左目のまわりは黒ずみ、両目は泣いたことで濡れて赤くなっていた。動くたびに、イヤリングがうるさくかちんかちんと鳴った。

「わたしが話すからって頼んでたでしょ」怒りながら鼻をぐすぐす言わせた。「話すってせめて言ってくれればよかったのに、なんで?」

「無理だった、突然だったんだ」

「無理だった? あんたのプライドのせいでしょ、クソみたいな。自分から言いたかったんだ。なんでもひとにあれこれ言わなきゃ気がすまない職業病で。待つってことができない」

「待ってた」レサーは言った。「待ってたよ。ずっと長いことぎみがあいつに言うのを待ってた。あいつが別れると思ってるとしたら、きみはおかしい。ずっと何年もこのままでつづいてったろう。なにかしないわけにはいかなかった」

「わたしはウィリーを知ってる。わたしといてももうハッピーじゃないんだってわかってる。

あいつのことはわかってるのよ」

「いったいだれの心配をしてる、やつかぼくか？」

「言ったでしょ、あなたを愛してるって。ただ、ウィリーのことは心配なのよ」

「あいつはぼくを窓の外に突き落とそうとした」

彼女は両手を握った。

「レヴェンシュピールが止めたんだ」

ふたりは抱き合った。

レサーは、ウィリーの原稿は読んだがうまくいってない、と言った。「やつにもそう言ったんだが、なんだか、なにも言ってないような気持ちになった。それで、もう一回降りていって、やつの人生にどう自分がかかわっているか、言わずにいられなかった。それでやつがカッとなった。ぼくが悪いんだ、やつがきみを殴ったのは」

「いろいろ汚い言葉をぶつけてきたよ」アイリーンは言った。「わたしのことを、見るのもいやだ、と言った。自分の黒さを傷つけられた、と。拳骨で目を殴って、出ていった。でも、自分の荷物をとりにもどってきて、こんどは口のところをひっぱたいて、出ていった。わたしはバスルームに閉じこもった。三回目よ、殴られたのは」

また泣いてトイレに入り、水を流した。

「ウィリーは自分からなにかをとられるのがいやなの、とくに白人には。わたしをさんざ罵って、おまえたちにおれは裏切られた、貶められた、と言った。わたしも言ったよ、あんたとわたしのあいだに起きてることはわたしのせいじゃないって。そしたら、書くのはもうやめるって言う。最悪だって思った。そのときよ、殴ってきたのは。それではっきりした、わたしが望んでたのとは正反対のことになってるって。別れてもわたしのことは大事に考えてくれるんじゃないかって期待してたから。いっしょにすごしたハッピーな時間を思いだすようになってほしいと思ってたから、わたしを憎んで別れていくんじゃなくて」

「泣くな」レサーは言った。

「わたしから話させてほしかった」

「そうしてほしかったよ」

「かれの原稿について、ほんとに、正しかったと思ってる？　そんなにひどいの？」

「もしも正しくなかったら、たくさんのほかのことについてもぼくはまちがってるってことになるよ。あれは第一稿だ、書き直してみたらいいんじゃないのか？」

「わたしにはわからない、書くのをやめたらかれがどうなるかなんて。考えただけで気持ち悪くなる」

レサーにもわからなかった。

「信じられないの」アイリーンは言った。「ふつうじゃないよ。かれ、すっかり怯えたと思う。わたしも怖い、あなたのことも怖い」

「なんでぼくが？」

「だれにも傷つけられてほしくないもの、ハリー」

「だれもぼくを傷つけやしないよ」そうあってほしいと思った。

「しばらくのあいだわたしといっしょにいられない？――その、ここに住めない？」

「ぼくにはすすめなくちゃいけない仕事がある。いろんなものが、本やメモや原稿もぜんぶあっちにあるし。本ももうすぐ終わりそうなんだ」

「ハリー」アイリーンはくいさがった、「ハリー、あの薄気味悪い空っぽのテネメントにいるあなたを捕まえることなんか、あいつらには簡単よ。ウィリーの友だちはウィリーにすごく忠実なんだから。玄関ホールや階段に隠れて、あなたが出てくるのを待つだけのこと。ここならそういうこともできない。エレベーター係が見張ってるから。不審者がうろうろしてるのを見たら警官を呼ぶから」

「ぼくを捕まえようっていうんなら、だれでも捕まえられる、エレベーター係がいようがいまいが」レサーは陰鬱げに言った。「夜に通りで飛びかかってくることもできる。近所の建物の屋上からこっちの頭めがけてレンガを落としてくることもできる――」

「わかった、やめて。じゃあ、どうするの、ウィリーとおなじ建物のなかでどうやって生きてくつもり？」

「あいつはあそこにはもういないと思う、あそこにいるところを家主にまた見られたんだから。しかし、いるとしても、じっくり考えてくれたら、ぼくに悪意はなかったことはわかってくれるはずだ。こんど会ったら、文明人らしく話ができたらいいなと思ってる。それができなかったら、面倒なことになる」

「ハリー」アイリーンは言った。「結婚しよう、そして引っ越そう、この街のちがう場所かべつな街に」

「そうしよう」とレサーは言った。「本がかたづいたらすぐに」

アイリーンはまた泣いていた。

○

もしも彼女と結婚して家を出て、家はウィリーに委ねるとしたら？　しかし、出ていったら、ウィリーにはまずそこはつかえないだろう。レサーが出ていけばすぐにも解体業者がハゲワシのように死体に舞い降りてくるだろうから。

レサーは三番街のバスを降りると三十一丁目の通りを急いだ、縁石に沿って歩いていったのは、そうすれば周囲の屋上が見えて、鉄の塊がかれめがけて飛んできてもさっと身をかわせるからだった。

入口のところで逡巡した、一瞬、ろくに明かりもついてない階段をのぼるのが怖くなった。百万の階段、荒涼とした五百のフロア、レサーはそのてっぺんに住んでいるのだ。階段をのぼろうとすれば、ドブネズミか野犬の群れが、あるいは黒人の集団が降りてくるのではないか、頭が銃弾で穴だらけになり、脳みそは肉食鳥についばまれるのではないか、そんな絵が浮かんだ。ほかにもゾッとするような想いがゾクゾクと。いいかげんにしないと、そのうち息もできなくなるぞ。やわらか一段おきにのぼった。四階につくと防火ドアを押し開け、息を殺して、耳を澄ました。

く浜を打つ波の音が聞こえ、ホッとして笑いながらドアを閉め、跳ねるようにして急いで自分のフロアへのぼった。

部屋のドアの前で、頭の傷がハンマーに打たれたみたいに痛くなった。いよいよ死に捕まったとかんじた。信じられない、盗む価値のあるものなんてなにもないのに。スナップロックが真っ二つに切断されて床にころがっていたのだ。ドアがこじ開けられていた。怒りの声をはりあげ、悪にむかって両腕をふりまわし、室内に踏みこみ、電気をつけた。悲嘆の呻き声をあげて部屋から部屋を駆けまわり、書斎のクローゼットのなかを闇雲にさがし、リビングに転がりこんで古原稿の山を夢中であさり、破れた本や割れたレコードの上に倒れこんだ。バスルームにはいって、バスタブをのぞきこむと、長々と苦痛の悲鳴をあげた末、作家は、発狂寸前、失神した。

○

小さな呪われた島だ。

大型カヌーが濡れた岸に着き、三人の宣教師が、縞模様のパドルをしまい、ローブの裾を持ちあげて、砂浜に飛びおり、長い舟を浜に引きあげる。

眠っていた空気をかきみだすのはささやき声、虫のうなり声、弱い弦の音、淋しい森の笛の音、どこかで歌っているのか、すすり泣いているのか、女の声。

宣教師の長はヒョウ柄の肩章とフードのついたたっぷりした黒のローブ、二人の宣教師は黒いマスクに白いローブ、長い小屋の部屋から部屋をまわって、隠されている品を引っぱりだしていく。意識を失った男の持ち物をすべて見つける、オランダ産チーズ、干し肉、米、釘、のこぎり、ラム酒の瓶、コーンブレッド、コンパス、インク、紙。

三人は三角に腰をおろして、ヤギの干し肉を味わい、蒸留酒を飲む。かれは、そこにはいないが、なにが起きているかはわかっている。しかたがない、と。

宣教師の長は空になった瓶を地面に叩きつけて割り、立ちあがる。

そろそろ任務を開始する。いいか、そこのレコードをぶち壊せ、サム。

わかった、しかし、音楽をぜんぶ破壊するのは文明的かい?

文明って、黒人のか白人のか? おまえはどっちの方向をみて言ってる?

たんに人間の?

こいつはおまえの黒人の女を人間たるおまえの目の前でヤッたんじゃなかったか? そんな罪をおかすやつがいいやつか?

サムは錆びた重いハンマーでレコードを砕く。

そこのベッシー・スミスとレッドベリーはとっておけ、それと、おれが貸したチャーリー・パーカーも。

よし、と長は言う。つぎは、やつの本がはいってる竹の本棚を倒せ、ウィリー。そしてページをばらばらにしろ。

ウィリーは動かない。

長みずからが、竹の柱をひっつかんで、海から救いあげた水に濡れた革装の本がならんだ五段の棚をピシパシいわせてねじまげる。本が音をたてて落ちる。長がそれらを革のブーツで蹴ると、印刷されたページが小屋じゅうに舞い散る。

長は、引っかかっていて開けにくいキャビネットの扉を力まかせに開ける。黄ばんだ原稿のはいった大箱がたたんだ帆布の上に、かつて帆だったものの上にのっている。

マッチは持ってきた。火を焚いてあったかくしよう。

手袋をした両手を乾杯でもするようにかかげる。

今日はあったかい、とサムが言う、汗をかいている。

それはあいつがずっと昔に書いた本だ、ウィリーが言う。二冊、出版された。

それならば、焼いても、問題ないな。

長は、大箱を引っぱりだし、曲げた膝の上にのせてから、ひっくりかえして紙を出し、底にはりついたページも振って出し、引き裂かれた本の山の上に撒く。

かなりあったかい焚き火になるな。

ウィリーは乾いた額をぬぐう。外は暑い。

あいつがいま書いてるやつはどこだ？

ウィリーは蒼白になった指でさす。

長は、格子組みの屋根の離れで三枚板の机からびっしり書きこまれた羊皮紙の原稿の山をかきあつめる。引き出しやキャビネットを漁り、黄色のフールスキャップの用紙に整然と書かれた原稿の写しも見つける。

この両方ともおまえが焼くべきだ、ウィリー、この野郎がおまえの白人のビッチを盗み、おまえの黒人の本にケチをつけたんだから。おまえの選択だといっておまえから正常な性生活と生涯の仕事を奪ったんだから。タマを抜かれたような気分じゃないのか？ タマには目をだ、聖書もそう言ってる。

ウィリーはひっそりと羊皮紙の原稿とフールスキャップ紙の写しを離れの樽で焼く、濃い煙に目から涙が出る——どこか胸が焼ける。熱い灰は人間の皮膚のにおいがする。かれは燃えかすのなかに指を突っこみ、壁に炭のメッセージをこすりつける。

革命こそリアルな芸術だ。フォームなどクソだ。おれが正しいフォームだ。

署名を加える、**おまえの友にあらず。**そして燻（くすぶ）る灰の上にゲロを吐く。

○

一晩、これまでの人生にも深くひびきわたる悲嘆の時をすごしたあと、レサーはウィリーの部屋に行ってかれの原稿を探した、ウィリーは小説を書くことを放棄したのだから、そんなことをしてもおなじことにはならない、ほんとうの復讐にはならないのだが。しかし、原稿の入ったブリーフケースも、原稿の一部もなかった。あのタイプライターもなかった。作家は三番街の金物屋に走って小さな斧を買った。怒りとかなしみのなか、黒人に買ってやったテーブルと椅子を切り刻んだ。残忍に力をこめて房飾りのついたランプを叩き切ると、それは火花を発した。臭いマットレスをずたずたに切り裂いた。レサーは何時間もかけて階から階へ、部屋から部屋へ、地下室から屋上へとウィリー・スピアミントを探してまわったが、どこにもいなかった。原稿の暗殺者は逃亡していた。

レサーは、書く本もなく、あてもなく、雨の通りをさまよった。ハリー・レサーの労働は消え、時間は消え、疼くばかりの無になったのだ。夜な夜な、小便のにおいのする廊下で吐いた、かなしみ、嘆き、こんな目にあう者もいるのか、と傷がじくじく痛んだ。果てしなく、本の最終稿のカーボンコピーを部屋にもってきていたことを呪った。毎週、ここ何年も、その週に書いた分の原稿は二番街の銀行の貸金庫に預けていた。金庫には、言いようのない多大な期待をもって書き直しつづけている小説の第一稿の原稿も入っていた。最終稿も終わりに近づいたとき、最終稿のそれまでのカーボンコピーも金庫からとりだしてきて手元に置いたのだった、最後の一語を書いたら、両方に最後の直しをいれるつもりだった、ひとつは出版社用に、ひとつは自分用に。それがふたつともいまや灰になった。灰に埋まった自分が見えた。

失ったかなしみが消えるのはゆっくりだった。ほんとうに愛していたものだと、かなしみがすっかり消えることはない。どこかの水たまりで見つけたインクの滲んだ濡れた手紙をかれは読んだ。そのなかではどこかの男が死んだ女への愛で泣いていた。原稿を失ってしまった自分はどう進んでいったらいいんだろう？　すべてが終わったわけじゃない、とレサーは自分に言い聞かせるが、信じてはいない。終わったわけじゃない、終わったわけじゃない。本は作家ではない、作家が本を書くのだ。しょせん、たかが本だ、それはおれの命ではない。書き直そう、おれは作家なのだから。春が新緑や花々で燃えたちはじめると、レサーは部屋をきれいにし、なんとか元気をとりもどし、不本意ながらも、ふたたび書き直しをはじめた、第一稿をコピーしたものをもとにとりかかり、新しいページはカーボン二枚をいれてタイプを打ち、二枚とも銀行の貸金庫に毎日預けに行った。手間がかかったが、そのうち気にならなくなった。自分の身に起きたことはかつてほかの者にも起きていたことなのだから。カーライルは、原稿がJ・S・ミルの暖炉でまちがって燃やされてしまったため、『フランス革命史』を書き直す羽目になった。[*] T・E・ローレンスは、原稿を汽車のなかに置き忘れたため、『知恵の七柱』を書き直した。レサーは、ローレンスが汽車を追いかけていく姿を思い描く。[**] こういうことは昔から数え切れないほど起きていたのだ。レサーは、本の書き直しには一年もかからないだろう、と踏んだ――なんども手直ししつづけたところのほとんどはまだ覚えているのだから。思いだすために、大きく手直しした部分を書きとめた。破壊者が破壊し忘れた各章毎のメモを書いた分厚いノートもあった。ウィリーは、なすすべもなくか、しかたなくか、とっくに姿を消していた。空っぽになったかれの部屋はいまは沈黙に満ちている。ああ、かつてこの建物にかれはいたのに。アイリーンには、レサーはここしばらくめったに会わなかった、わかるよ、彼女は言った。涙がその目に浮かんでいた、背を向けてすすり泣いた、髪は黒く頭の下に六インチ（15センチ）ほど垂れていて、ブロンドは消えつつあった。レヴェンシュピールは、脅しはかけてくるものの、それほどちょっかいはだしてこなかっ

＊ トーマス・カーライルはスコットランドの19世紀の思想家、ミルは哲学者。
＊＊ ローレンスは20世紀のイギリスの軍人でアラブの独立運動にかかわる。

た。かれはかれでトラブルを抱えていて、まず、頭のいかれた母親がガンで死にそうだったのだ。作家には速達で七千ドルを提示してきた、内四千ドルは解体業者からの提供で、さっさと解体の作業にかかりたくてイライラしているのだった。その手紙にはこんなことも書いてあった、「諸状況を鑑みると、不品行ならびにわたしの家屋に火をつけようとしたことなどから、貴兄を法的に退出させる裁判所命令は得られるものと考えています。しかし、わたしの真摯な提案を受け入れて、静かに出ていったらいかがですか？　男になりなさい」レサーはその提案をじっくり考えてから、破り捨てた。利益と不利益を紙に書きだし、それも破り捨てた。たしかに、これからの一年、食べるものにも事欠くことになるかもしれないが、どっちみち、おれは食が細い。

○

陽あたりのいい広々とした書斎で、かつてなく広くなったなかで、机に向かい、できうるかぎり速く、タイプを打った。今度は、ずっといい仕事にしたい、ウィリー・スピアミントが無情にも焼却した前のあの原稿のときよりも、と願いつつ。

レサーは書く。

となりでは、細長い十階建ての建物がはらわたを抜かれ、階から階へと破壊されている。残骸が、道路においた緑のトラックほどの大きさのコンテナのなかに流れていく。巨大な鉄球をクレーンが崩れかけた壁にぶつけ、落下するレンガと割れる木の梁（はり）の流れおちる音が作家の耳を聾する。窓はしっかり閉めっぱなしだが、それでも部屋は漆喰の埃に汚れ、粒子で一日中くしゃみがとまらない。ときどき床が揺れて、動いているみたいになる、と、自分のいる建物がバリリと裂けて音をたてて崩落する絵が目にうかぶ。レサーと未完の本が叫び声をあげて炸裂する瓦礫のなかに沈んでいく。レヴェンシュピールならこのボロ屋にダイナマイトをしかけて爆破し、それを時代のせいにすることもやりかねない、と思った。

レサーは夜も延長して書く。ろくに眠らず、翌朝も書く時間になるとしょぼしょぼした目で書く。重くなった動悸でベッドが揺れる。溺れる夢をみる。眠れないときは起きあがり、デスクのランプをつけて、書く。

秋は暗く、雨ばかりで、冷たい。たちまち初冬に入る。電気ヒーターはいかれていて、修理中だ。オーバーコートとウールのスカーフとキャップというかっこうで書く。指をコートのなかに、腕の下にいれて暖め、書きつづける。レヴェンシュピールが提供しているのは形ばかりの暖房。レサーは住宅管理のその筋に苦情を訴えるが、家主は巧妙に抗弁する、「ボイラーはもう齢五十一だ。そんな古いポンコツにいったいかれはどんな性能を期待しているのですか？　わたしは二百回修理してきた。たったひとりのさもしくて非協力的なテナントのために新品のボイラーを設置すべきですかね？」

「かれを追い出してくれ、九千ドルをキャッシュでくれてやるんだから」

賄賂は額があがっていたが、しかし、ここでレサーの本は十年以上も前に仕込まれ、未熟のまま（一時的に）死に、再生をめざしているのだ。レサーは習慣と秩序の人間で、着実に規律正しく仕事を進めていく。習慣と秩序がページをひとつひとつ埋めていく。インスピレーションも習慣であり秩序であり、アイデアが育っていくと整えられて配列される。この本は、それが書きはじめられ、歴史をつくった、そしていまなお生きているこの場所で完成させる、とかれは決めていた。

書くことのすばらしいところは直せること、イメージやアイデアを変えられること、おなじ本を前よりもよく書けることだ。すでに前よりもよくなっているところはある、でも、まだぜんぶではない。レサーは結末が気になっていた。どうするのがふさわしいかを考えていなかった気がする。しかし、ぜったい終える、かならず終える。エンディングがわかりにくい、と異論を唱えてはいけない理由はない。しかし、それではまるで、死とこっそり取引しているようなものだ、自分の目的は生を、生きることをまるごと理解することなのに。スフィンクスに謎をかけろと言ってくるエンディングもあるのだ。

おそらく結末をいま書いてしまうのがいい、そして中断していたところから再開し、平原から山へとあがっていく？　そうすれば、気持ちも安定するかもしれない。エンディングがしかるべきかたちでうまくかたづけば、レヴェンシュピールの賄賂も受けとれて、このレンガの氷河からも抜けだして、残りは気持ちよく書けるのではないか、きっとアイリーンのところで？

レサーは疑念を抱えている。

ときどきまったくうまく書けない。苦しいのは、結びつくはずのイメージがたがいに反発しあうとき、考えていることとアイデアがひとつにまとまろうとしないときだ。なにを書くつもりだったのか、なにを書かなかったのか、忘れているときだ。かれが言葉を忘れるか、言葉がかれを忘れるときだ。しょっちゅう either（どっち）を wither（しおれる）と打ちまちがえる。（タイプライターではeとwのキーが隣り合わせ）レサーはときどき絶望のシャベルでせっせと掘っているような気持ちになった。妨害する崖にめげずに書いた。本を書きあげるのが怖いのだという者もいるが、そうなのか？　終わってしまったら、あとはなにを完成させる？　最後の懺悔が怖い？　なぜ？　つぎの本を書けばいいことなのに。また懺悔すればいい。書いているときにこころにうかぶ遥か彼方の暗い山はなんなのだ？　それがこころのうちから消えていかない、沈んでいかない、薄れていかない、光のなかへと蒸発していかない。透明に、輝きに、火にならない、モーセが燃える岩からみずから降りてくる、文学の十戒を小脇に抱えて。作家は自分のペンで、石を光に、言語を火に変えたい。しかし、ろくになにも持っていないのだから、かれ程度の人間には途方もないことだ。レサーは神経を磨り減らして生きている。

○

アイリーンは言った、わかってる、よく、と。

彼女も、最初はひどく動揺し、事の展開に傷ついた。自分の人生は以前よりももっと平穏に、凡庸に進んでほしい、と願っていたのだから。「ウィリーがあなたにしたことは想定外だったから、わたしは自分を責める必要はないとは思う。自分を責めるっていうのは、わたしたちが結婚を考えてることをあなたが言う前にわたしが言わなかったってことだけど。でも、あなたの本があんなふうになったことには責任をかんじる。ひどいと思う」しばらくはふさぎこみ、おちこみ、朝の四時に目を覚ましては横になったままで何時間も自分の人生を考え、それから眠りにおち、いつまでも寝ていた。原稿を破壊されてあなたがどんな気持ちでいるか、新しい原稿にどうしてそんなにも打ちこむのかは、わかりすぎるほどわかる、と言った。あなたの性格は前から知ってたし。ウィリーが言ってた、あなたは本と結婚してる、と。愛してる、できるだけ我慢して待ってる、と彼女は言った。

レサーはありがたかった。いまでは夜も仕事をしていたから、週末しか会えなかった。土曜日の午後、ひげ剃りの道具一式と着替えの下着を鞄に詰めると、アイリーンのところに日曜の夜まで転がりこんだ。日曜の夕食のあとは三番街まで歩き、そこからバスで自分のところにまでもどった。おおむね、帰っていくかれに彼女が不平を鳴らすことはなかった。こないだまでのウィリーとの生活とおなじね、と皮肉っぽく笑って彼女は言った。しかし、ある土曜日、かれがひげ剃り一式をしまっていると、アイリーンがいきなりイライラして言った、「ねえ、ハリー、あんたがしてるのはすわって書くことだけ。そしてここに来れば、すわって本を読んでるだけ」

「きみとベッドのなかにもいるよ」

「そういう順番になってるってだけでしょ。あんたは書き、読み、そして残った時間でセックスして、家に帰る。こういうのって、どういう生活、わたしにとって？　本とファックしてたほうがずっと時間の節約になるんじゃない？」

「本を終わらせる方法は、唯一、本といっしょにいることなんだ。きみの持ってる探偵小説をぼくが読むのは、書くことについて考えるのをオフにするためなんだよ。もっとも、本というものを手にしちゃうと、またすぐオンになっちゃうんだけど。わざとやってるわけじゃない」

「あなたが悪いって言ってるんじゃない。ほんと、自分でもなにを言ってるのかわからないのよ。なんかもうごちゃごちゃで」ため息をつき、手の甲で顔をなでた。「わかってるの、ハリー、しっかりと。ごめん、イライラしてて」

ふたりはつよく抱き合った。かれは、明日電話する、と言った。彼女はうなずいた、涙は乾いていた。

バスに乗ると、本のことがこころのなかで前よりも小さくなっているようにレサーには思えた。しかし、家に着いて先週うまく書けたページをぱらぱらしはじめると、本はまたもとの大きさの頼もしいものになっていった。

レサーはデスクの前にすわり、アイリーンにラブレターを書いた。初めて恋したときのことを思いだしながら、気持ちは前ほどつよくはないが——人生は流れ、変化し、セックスが当たり前になると欲望も減り、本のことがいつまでもこころにあり——真実、愛しているし、きみの愛が欲しい、と誠実に伝えようとした。手紙を投函したあと、先週もまったくおなじものを書き送ったのを思いだした。

アイリーンはいちだんとラブリーになっていた。ぴっちりした茶色のブーツはふくらはぎのところに金のバックルストラップがついていた。あるいは、赤のスエードのブーツは黒のレースで縁取りされていた。そして内股に優雅に動いた。短い厚手の高価なスカート、刺繡のはいったブラウス、エキゾチックな毛織りの花のようにも見えるハット。髪は、ブロンドのところを五インチ（12センチ）ほどばっさり切り、いまは肩のすぐ下あたりまでの長さになっていた。眉は抜いて薄くまとめられ、ピンクの爪は長く滑らかで三日月のように伸びていた。複雑な構成のぶらぶらしたイヤリングをつけ、好んで鏡をのぞいてはながめていた。クチナシの香水はやめていて、新しいのをつぎからつぎへと試した。レサーは、彼女が服を着るのを見ているのが大好きだった。着るのはゆっくりで、煙草をだらりと口にくわえて、なにを着ようかと選んでいる。着るときは、心底、着ることに集中している。通りですれちがってもウィリーには彼女を一目で見分けることはできないのではないか、とレサーは思った。

アイリーンはレサーに、最終的にかたづくまでどのくらいかかるのか、訊き、かれは、十ヶ月近くとは思いつつも、六ヶ月と答えた。最後まで行かないうちに崩壊するのではないかとときどき不安になることについては、言わなかった、そんな不安に襲われたことはこれまでの小説ではなかった。アイリーンは、そういうことなら、オフブロードウェイのグループともつづけていっしょにできるかも、と言った、みんながつぎの芝居をやるつもりなのかどうかはわからないんだけど。セラピーにもまだ通うと思う。やめるつもりだったけど、わたしたちの計画がはっきりしてない以上、あと六ヶ月はつづけるかもしれない。もっとも、自分にとってなにがいちばん大事なのかはわかってきたような気がする。「まず、わたしはキャリア志向じゃない、どっちかっていうと、結婚して家庭をもちたい。こういうのって失望する？ 最近ではたくさんの女がそういうのとは反対の方向に向かっているし」

レサーは、しない、と答えた。

「クリエイティブなことをする人間なんて家にひとりいれば十分だと思う」アイリーンは言い、自虐的にハハハと笑った。「わたしもとんだブルジョワのクソになったものね」

家庭がきみの望みなら、それがきみにふさわしい、とレサーは言った。

「それがわたしの望みだけど、なにかにふさわしいひとなんているの？ 結婚がほんとうにあなたの望み、ハリー？」

かれはそうだと答えて、それ以上は言わなかった。本が終わったら、とは付け加えなかった。ウィリーが出ていったあと、引っ越しも考えた、とアイリーンはレサーに言った、いつまたもどってくるかもしれないと思ったから。あなたの原稿にあんなことをして、わたしはもうあのひとの顔はとても見られないという気持ちになった。ウィリーはわたしの部屋の鍵を返さなかったから、引っ越すのをやめにしたとき、鍵は変えた。でも、どこかにはいるわけだから、鍵を変えたことをときどき悔やんだりする、なんか象徴してるから、自分のことがよくわかっていないことを。あのひとがどこにいるのかがわからないのはつらい、ちゃんと食べてるか、ときどき心配にもなる。ウィリーとは友だちとして話をして、なにを考えているのか、なにをしているのか、知りたい。あのひとは、書いてないときはいつも、まわりを楽しませてくれてたし、自分の本のこともそんなに気にしてなくて、そうなったのは後になってからのこと。結局は、わたしよりも自分の黒人の本が大事だったわけだけど。アイリーンのかれを思う気持ちにはやさしさと愛情がこもっていた。

「自然にわたしはあなたたち二人みたいなキャラに惹かれるのね」彼女はレサーに言った、「わたしによりも自分の仕事に深くかかずりあうような男たちに。たぶん、そういうのをわたしがじつは求めてるってことよ。そういう気持ちがあるんだと思う、よくわからないけど。分析医もなんともコメントしようとしないけど。たぶん、わたしはなにかにあこがれてもそれが自分ではできないんで、それができる男のそばにいたいんだと思う。それで、想像力のある男が好きになるようになった、そいつらはまったく自分のことしか考えてないろくでなしで、人生を必要以上に複雑にしかねないというのに」

そう話しているときの彼女は表情が落ち着かず、目はぼんやりとして、笑みをみせようとしても、笑みにも笑みでないものにもならなかった。

レサーは、蓄えが深刻に少なくなってくると、支出を必需品に限るようになり、例外は映画のチケットとアイリーンとときどき出かける外食だった。しかし、アイリーンは、かれが金払いを渋るのに気がついていて、現金が足りないときはすこし貸すから、とつよく言った。レサーは聞き入れたが、返すのを本の前払い金を受けとったときにしてくれるなら、と条件をつけた。かれは、一度ならず、小説の第一稿ができた段階で前払いが受けとれるようエージェントに頼もうかと考えたこともあったが、そうしないことにしてしまっていた。完成稿だけを見せたかったのだ。とりあえずできあがっている部分を見せることもできたが、小説の一部を渡したくはなかった。残りがどんなふうになるか、まちがった予想をたてられるかもしれないからだった。じっさい、かれにも、どんなふうなものになるのか、終えるまでは説明できなかったのだから。

アイリーンは、レヴェンシュピールから九千ドル受けとれば万事オーケーじゃない、とレサーに言った。

「結婚できるよ、ハリー、静かで明るい書斎のある大きなアパートメントにも引っ越せる。いまいる死体安置所みたいなところじゃないべつなところで書いても、ちがいはないんじゃない？　わたしも仕事をつづけるし、あなたも余計なことをいろいろ考えずに書いていける」

レサーは、そのことも考えたが、いまはいいかんじで書けてるので、荷造りとか、新しいアパートメントへ引っ越してまたぼくのやきみの荷を解いたりとかで、その流れを乱したくない、と言った。新しい仕事場にも、それに、結婚という新しい生活にも慣れなくちゃいけなくなるし。そういうことはもうちょっと待ってほしいんだ。

「書くことだけじゃなくて、もっと多くのものをあなたは人生に求めてるんだと思ってたけど」アイリーンは言った。「初めて寝たとき、そう言ってたから。書くことは人生の半分にしたいって」

「そうしたいし、きみには感謝してる、あまりイライラしなくなったし、淋しくもなくなったし。でも、本が、いましばらくは、最優先なんだ」

「いましばらく、永遠に、死があなたたちを分かつまで、ね。そしてその本がダメなら、つぎのがある」

レサーは、アイリーンのタンスの引き出しを開けて、鼻毛を切るために小さなハサミをさがした。と、古いスナップショットが目に入った。手にもった卵を見てウィリーが大笑いしている。よれよれのヤギひげももしゃもしゃした口ひげもなく、目玉こそやたら目立つが、悪くない表情だ。笑顔のせいだ。

「ぼくはかれをちゃんと人間としてあつかった」

○

「ハリー」とアイリーンが、十一月も終わりの頃のある晩、言った。彼女の部屋のテーブルで近所のデリから買ってきたサンドイッチとポテトサラダをいっしょに食べているときだった。

「あなたの本ってどういう話なのか、教えて。愛についてのものになるってことしか聞いてないから」

プロットはそんなに明かさずに、タイトルは『この世の終わり』で、タイトルとエピグラフは『リア王』から採った、とレサーは言った。作家についての話だよ、その作家は黒いひげの、老けて見える三十五歳で、人生の大半を、つまりは人生の大事なところをいたずらに無駄にしてきたのではないかという想いに悩まされているんだ。名前は、第一稿では、ラザール・コーエン。夜な夜な恐怖で汗ぐっしょりになって目を覚ますが、それは愛をあたえるのがむずかしいと知って不安でたまらなくなるから。目下付き合っている女性はまだそのことに気づいていないが、いずれ気づくだろう、とね。いつも愛のことが頭から離れず、しばしば、あちらこちら、いろいろな人間に愛をかんじてしまうんだが、しかし、そのどれも、豊かに、あるいは滑らかに進むことはなく、長続きさせることもできない。愛が、あたえるかあたえないかという事柄になってしまって、無理だ、無理じゃない、足りない、不明なことが多すぎる、と自分を遮断してしまう。愛が、ある程度、まったく愛でなくなってるんだ。人生がかれの想いを裏切っている。

しかしとにかく、この作家は、自分ではないが自分自身のようなところのある人物をめぐって小説を書きはじめるんだよ。古き理想に合ったかたちで愛する術を自分に教えることができるのではないか、と考えて。それまではそういう考えに長年あらがってきた。危なっかしくて、効果はろくに期待できないから、と。それでも、これまで三冊の本では書きながら自分に勇気を注ぎこむことができたのだから、愛についてもできるのではないか、と思う。書くことを通して、変身の奇跡から、思いやりだけではなく裏切りを、一種の苦しみを知るようになるのではないか、と。そして、最終的には、作家にはいろいろ疑いがあるにもかかわらず、ある意味かれに代わって愛する人物を、ひいては、ある意味かれを愛する人物を本のなかに創造することになるのではないか、と。つまり、言葉というものはあらゆる方向に伸びたり縮んだりするものだから、本のなかの作家も、できうるかぎり愛を創造しながら、もしも想像力のなかでそれを発揮できれば、自分と魂を伸ばせるのではないか、そして運がよければ、現実の女性をも、また、この狂った世界の人間のだれでも愛せるようになるのではないか、と。こんな悲劇的なテーマをめぐって小説は展開するんだ。『リア王』からのエピグラフは「わたしがだれであるかを言える者はいったいだれだ?」こんなふうにレサーは本を書いているのであり、本がかれを書いている。だから長い時間がかかる。

アイリーンは、すばらしいアイデアだ、きっとすばらしい本になる、と言った。

○

「これは大事な手紙だ、レサー、二回以上は読んでくれ。わたしに病気が見つかり、医者が警告してきた。心臓のあたりに刺すような痛みがしょっちゅうある。煙草をやめたが、どうにもならない。家族はひどく心配している。レサー、きみはわたしに酷い不必要な悩みと苦しみをもたらしている。しかし、わたしは高潔なる人間(メンシュ)だ。一万ドルが出せる最高額だ。真剣に心底から検討してくれ。まだ時間はあるがいちおう報告しておくと、ティッシュマン&カンパニー社からこの地所を高層ビルのために接収したいという手紙が来たので、かれらに売ることをわたしは考えている。そうしたらかれらはきみをなんとしてでも追い出すだろう、わたしの知ったことではない。きみのわたしへの仕打ちにたいしてわたしのマヌケ（シュトゥンク）どもはきみを追い出すこともできなかったが、かれらの弁護士もおなじだとは思うな。市の当局と交渉して戦車も呼んでくるような手段もかれらは持っている。きみは想像以上に傷を負うことになるだろう。痛みは避けたほうがいいんじゃないか。

「しかし、もしもわたしがかれらに売ってしまったら、きみの手にはなにも入らないことになる——バカな話だ——わたしは資本を生みだすかわりに資本に負けることになる。このことをよく慎重に考えろ、ほかの人間の悩み事に思いを致すことについてきみがやってきたことにかんしてももちろん。今後はもう額の提示はしない。ほんとうだ。きみとはこれで終わりとする。終わりだ」

○

となりの建物は巨大な穴に変わっていて、砕けた淡い色のレンガや漆喰の破片が散乱し、雨のあとなどは鼻をつくにおいを放った。レサーには、家が、すっかり吹きさらしになって、強風が吹くと揺れているような気分になった。住み処をなくしたゴキブリたちがレヴェンシュピールの呪われたテネメントに流れこんできて親戚たちに合流した。でっぷり太ったネズミたちが鼻をくんくんいわせながら階段をのぼる姿に作家は出会いもした。レサーは冷蔵庫に食料を詰めこんだ、缶詰やらなにやら。冷えた食事になるのがしばしばだったが、それは料理のにおいをだしたくないのと、時間の節約のためでもあった。水回りは、じっさいに破壊されてはいないとしても、どんどん悪化していた。キッチンとバスルームの蛇口からは錆びたオレンジ色の水がちょろちょろと出、かれはそれで洗い、それをワインのように飲んだ。痺れるほどに寒い二日間、お湯が冷水になり、氷のような状態がつづいたので、賃貸住宅整備課の人間に電話ボックスから電話して怒鳴りつけたが、辛抱してほしい、家主は病気だが最善を尽くすと約束している、と言われた。作家は鍋でお湯を沸かして、ひげを剃り、汚れた食器を洗った。一週間、トイレが流れなかった。ほかの部屋の薄汚れたトイレもいくつか試したが、そちらも流れず、しかたなく十セント払って地下鉄の駅の便所を使用、そのうちやっと配管業者が来た。

ある晩、両耳にサイレンが轟いて目を覚ますと、向かいのアパートメントが火事だった。下着姿で窓辺にしゃがむと、四階の部屋が明るくなっていたが炎は見えなかった。その建物のあちこちで電気がついた。通りでは、何台もの消防車がポンプをどくんどくん鳴らしホースをぶるんぶるん震わせ、男たちが走りまわっていた。火はさっさと消されたが、レサーの恐れはがぜん強まった。火が弱まることなく飛んできて自分の文学関連その他の遺物を残らずかたづけてしまうのではないか。胸に新しい原稿を抱いて裸で非常階段を駆けおりる自分の姿が見えた。ときどき書いていると、荒い呼吸の家主が地下室のゴミの山にマッチを近づけて、どうなるかな、と考えている図が頭に浮かんだ。気が滅入ったある晩には地下まで降りていって見回りをしたこともあった。クモの巣のはった大箱や紙くずが散らかる空になったかつての管理人室を点検したりもした。とくになにも見つからなかったものの、ざわざわした気分になった。無駄なことに想像力が働く。電話を取り外すんじゃなかった、とぶつぶつ言った、お金を節約しようなんてバカなことを考えて。いやいや階段をのぼった。ほんとにここは大嫌いだ。翌朝は書いてもはかどらず、愛にも結婚にも疑念がわいた。

地下室から見張られているという感覚があり、体がムズムズした。一つ目の男か？ 一本足の男か？ 気色悪い。しっかり自分をコントロールしないと。トラブルは自分がひきおこすのだから。もしもだれかがいるとすれば、夜中に忍びこんだどこかのどうしようもない貧乏人だろう。不本意だったが、レヴェンシュピールが神経をぴりぴりさせて強者を送りこんできたのかもしれない。不本意だったが、いったいだれなのか、レサーは探りはじめた。もし浮浪者かヒッピーが迷いこんでいるのなら、警察を呼んでそんなやつらは追い出してもらう。家のない人間にはひどい仕打ちではあるが、気が散ることは除去しなくてはいけない。レサーは建物のドアのロックを修理することも考えた、街の外からの移民はコントロールするのだ、手間賃も自分で払おうと思った。シリンダー錠を交換してもらい、予備の鍵をあの野郎に送れば、あいつも、自分の建物にはいるのを妨害されたとかなんとか、裁判にもちこむこともできないだろう。しかし、レヴェンシュピールは、現在の精神状態だと、レサーへの意地悪で、ロックをかなてこでこじ開けさせかねない。十ドルかそこいらが無駄になる、そんな余裕はない、自分の部屋への鍵屋からの高い請求書もあるのだから。強力な新しいロックを三つと警報装置をつけたのだった。

柄の短い斧を武器というよりは警告として汗ばんだ手に握って、作家は一階から順繰りに陰鬱な部屋のひとつひとつを点検していった。上にあがっていくにつれ、だれもいないこと、目新しいものはなにもないことがわかった。ウィリーがいた部屋では、あのときは割れた窓から呆然と外をながめるばかりだったが、反り返ったキッチンの床の上にかれが黒人のために買ってやり、原稿を失ったことへの怒りとショックからずたずたに切り刻んだ家具が散乱していて、仰天した。レサーは木片を集めてピラミッドのように積みあげた。本能的にふたたびクローゼットのなかに、聖なる記憶の原稿のおもかげをさがした。ほんの一ページも姿をあらわさなかったが、それでも調べずにはいられなかった。いまやっている書き直しでなかなか復元がむずかしい、なかには不可能なところの多くは、破壊された原稿ではうまく書けていたのだ――言葉も、文章のつなぎかたも、場面のすべてももはや思いだせず、頭を絞っても出てこないのだった。五階には、一年ほど経っているのか、棒のようになった人間の排泄物があるだけで、六階にはろくになにも見当たらなかった。生き物の気配はとくになし。なにかいるのではという思いを頭から追いだして、仕事にもどった。そこで、地下室ももう一回調べるべきだった、と思いついた。なんのために――冬だから？

冬である。

風が吹きまくる。レサーは耳を澄まし、うるさい、と注意する。冷たい波が不毛な岸辺に打ち寄せる。鉛色の海になにか漂っているが、かれには説明できない。レヴェンシュピールが松葉杖を一本ついてうろちょろしているのか、とまだ不安だ、それともやつの弁護士か？　新たな空き巣狙いか、煙があがっているが？　迷信深くなっているとしたら、おれは体調が悪いのだ。書いていると、過去がてんでんばらばらに思い浮かび、イメージが飛び交う。子どもだったときに交通事故で死んだ母親。高級牛乳を買いに出かけたっきり帰ってこなかった母親。この戦争（ベトナム戦争）の前の戦争で死んだ兄。姿が見えなくなって「戦闘中行方不明」となり、以来なんの気配もない兄。最期の言葉もない。いまなおアジアのジャングルのどこかで列車を待っているのか？　無駄な死ばかり。人生はあまりにもろく、すぐに逃げていく。本を書くのは、ひとつには、死をいったん止められるということ。書きつづけられるということ。年老いた父親にはもう何年も会っていなかった。そろそろふたたび手紙を書こう。かたづいたら、シカゴにたずねていく、と。レサーは、レヴェンシュピールが脱出を命令するよりも前、この建物に住んで死んでいったホルツハイマーその他のテナントたちのことも考える。また、不自然な恐怖に過剰に悩まされる。日々増えていく新しい原稿が盗まれるのではないか、貸金庫に持っていく途中でひったくりに遭うのではないか、この悲惨な建物が傷ついたカバみたいに崩落して行方不明の原稿をゲロのように吐きだすのではないか、地下鉄の階段で襲われて倒れ、這って家に帰ることもできなくなるのではないか。そしてデスクには放置された本が残り、読んでいるのは部屋だけということに。翌日には――レヴェンシュピールが、レサーはサンフランシスコに引っ越した、と言い――ハゲワシの解体業者が舞い降りてきてバールでテネメントのはらわたを、心臓を（そこでかれは書いていた）えぐり、外壁を蹴散らす。本の、時代の、文明の終わり？　人間のあわただしい運命？

　廊下をこそこそと歩く足音がする、とレサーは確信し、キッチンテーブルの引き出しからパン切りナイフを持ちだし、バカみたいにドアを蹴り開けるが、だれもいない。ほんとうにだれかがいたのか？ 写真のネガみたいな存在か？ 黒人が白い姿で廊下を徘徊しているのか？ アイリーンの分析医に相談に行くと、ビタミンBが不足している、と言われる。ときおり注射するようにすると、体調はよくなり、書くスピードもあがる。

ある朝、一月の雪のなかに立って、くずかごの中身を建物の前のへこんだゴミバケツにあけていたレサーは、そこに、くしゃくしゃに丸められたタイプの打たれた黄色い紙がどっさりあるのを見つける。恐怖に震えあがり、ゴミバケツの蓋をガーンと落とす。

ウィリーがもどっている、おれにはわかっていた。

○

びりびりに破いた白い紙でいっぱいのくずかごをやわらかい雪のうえに置いて、重たい帽子にオーバーコートのレサーは、白い息を殺して、蓋をもう一度持ちあげ、バケツのなかの丸い塊の山をひっかきまわし、いくつかを広げて、さっと目を通した。ウィリーのタイプライターだ、まちがいない。硬い、野暮ったい文字。つぎからつぎへと引っぱりだしては、二百個はあるのはたしかな紙の塊のうち二十個を広げ、くしゃくしゃの紙をできうるかぎりていねいに整理した。不明のページもいくつかあったが、ウィリーはしょっちゅう書き直していたので、どんなことを言おうとしているか、意味をつかむのはむずかしくなかった。ストーリーのメモ、アウトラインの短いの長いの、ほとんどはじまっていないフィクションの数ページ、自分を激励する手紙、昔に書いた小説の数ページ、サディスト的なヒモと娼婦についての新しい小説の数ページ。ゴミバケツのなかの作品の量からだけ判断しても、ウィリーはここに二週間はきっといる、少なくとも。しかし、どこに？　部屋から部屋へ移動しつづけているのではないか。探しているのを知っていて、こっちの様子をうかがっているのでは？

そのあと、どうしてなのかは自分でもわからないまま、でも、知らないよりは知っていたほうがいいだろうと考えて、もう一度、部屋から部屋をまわって耳を澄ましたのは、かならずしもウィリーと顔を合わすためではなく、少なくともどこにいるのかを知りたいからだった。きちんとしておかねばならない、必要とあらば計画も練らねば。レヴェンシュピールに電話して、財産の保護ということで侵入者を追い出してもらう？　しかし——あいつは、書いているかぎりは、危険ではない、というか、そう見える。二階と三階を、レサーはドアからドアへと忍び足ですすんだが、ひとのいる気配はなかった。三階では、防火ドアをそっと押し開け、息をつめて耳を澄まし、その階のわずかな物音も、抑えこまれているものも検知、吸収しようとし、とうとう、かすかながらもたしかにリズミカルにタイプを打つ音を聞いた。

ウィリーがもどっている、オーケー。レサーは部屋をつきとめると、ドアの前に立った、イライラしてきた。この建物を出ていくことも考えたが、どこへ行く？　引っ越しのごたごたをいまやる？　なぜいま、小説も終わっていないのに。本は快調に進んでいる。昨日は絶好調で、八ページもいった——めったにないことだ。突破口が見えてきた——思いだせずにいた重要なシーンのいくつかも完璧に想起できるようになったし、いろいろな出来事もみごとに再構成して前よりもいい効果がだせそうになってきてもいた。エンディングもだ。それに、法的にもきちんと家賃を払っているテナントではないか。

なぜウィリーはもどってきた？　復讐が望みか？　さらなる復讐が？　レサーはコートのなかでブルッと震えた。書くためにもどったのだ、と結論づけた。やつは作家なのだから。ゴミバケツのなかに見つけた自分自身への檄にもそう書いてあったのだから。「もっとうまく書かないといけない。もっともっとうまく。黒く、しかし、うまく。ひたすら黒く。いまでなければいつ」この建物に帰ってきたのは、ほかだと家賃を払う金がないからだろう。もどったのは、たぶん、ここで始めた本をここで終わらせるためだろう。本を書いているときはとどまっていたいものだから。なにかに打ちこんでいるときは動きたくないものだから。

レサーは、その晩は遅くまで、その後もほとんどの晩は遅くまで仕事をした。ときおり作業をやめて耳を澄まし、ウィリーがこっそり階段をのぼってきているのではないか、ドアにうらやましげに耳を貼りつけてこっちがスウィングするようにタイプを軽快に打っているのを聞こうとしているのではないか、と考えた。

○

レサーは、建物にいるもうひとりがゴミバケツに廃棄したものを読んだ。自分のくずかごは、ウィリーが作品を見ることがないように、道路の反対側のゴミバケツにあけた。

しばらくのあいだウィリーはハーバート・スミスとその母親にかんする最悪の章を書き直して

いた。少年は十五歳でハードドラッグにはまっていて、それを手に入れるために盗みを繰り返している。母親は酔っ払いで、酒のにおいをぷんぷんさせ、酒浸りで、一日に一時間も酒なしでいることはできない。少年はときおり母親の部屋に来てクスリをうったり、母親が小便のにおいのするマットレスでいびきをかいていると床に寝たりする。自殺は削除されていた。母親は栄養失調で、ハーバートがトイレでオナニーをしているときに、ひとり死んでいく。母親は共同墓地に埋葬されるが、参列者はいない。翌日、できたばかりの墓の前に少年はあらわれ、感情を高めようと奮闘する。どんな気持ちで母親は生きていたんだろうか、と想像しようとするが、じきにあきらめる。クスリが欲しくて気分が悪くなってきたので立ち去る、ところが、振り返ると、フェンスの向こう、母親の黒い墓のそばに白いキリストの立っているのが見える。少年は、そのでぶの男を追っ払うべく、走ってもどる。

このパートはみごとだったが、しかし、ウィリーはそこまででとまっていた。きっと、その先には立ち向かわなかったのだ。きっと、できなかったのだ。

かれは、「ゴールドバーグ、ハーレムを脱出」（ゴールドバーグはユダヤ人の姓として一般的）というタイトルの不気味で不穏な短編の草稿をいくつも書いていた。毛皮の襟のコートを着たユダヤ人のケチな家主が冷酷無情の家賃の取り立てにやってきて、暗い廊下で、三人の老人とジャマイカ人の女に襲われる。ユダヤ人は抵抗して騒ぐが、刺され、血が鼻から噴き出て、その太った体は地下室まで引きずり下ろされる。

「細かく刻んで、どんな味がするのか、味見しよう」老人が言う。

「ユダヤ人の味よ、うまいわけない」ジャマイカ人の女が言う。

四人は、刺し穴のついた服を脱がせ、死体を地下室に置き去りにする。

それから四人は、夜遅く、シナゴーグ（ユダヤ教会堂）に行き、ヤムルカをかぶって、ユダヤの祈りをうるさく唱える。

べつな稿ではエンディングはシナゴーグがモスク（イスラム教寺院）に変わっている。黒人たちが黒づくめの超正統派ユダヤ教徒さながらに踊っている。

ウィリーは最低四回は書き直していたが、思うようにはいかなかった。さらにもう一週たってもまだ挑戦していた。


実験的なものも何ページか書いた、「明白なる運命」*がそれ。こうなっていた。

＊ Manifested Destiny、「ed」なしの Manifest Destiny は１９世紀半ばから唱えられた西部進出を正当化するスローガンで、巨大な白人の女神が開拓民を先導する絵が広く知られている。

black, white, black, white, black, white, black, white,
(ページの下まで)
black, whit, black, whit, black, whit, black, whit, black
(ページの下まで)
black, whi, black, whi, black, whi, black, whi, black,
(ページの下まで)
black, wh, black, wh, black, wh, black, wh, black, wh,
(ページの下まで)
black, w, black, w, black, w, black, w, black, w, black,
(ページの下まで)
black black black black black black black black black
black black black black black black black black black
(2ページつづく)
BLACKBLACKBLACKBLACKBLACKBLACKBLACK
BLACKBLACKBLACKBLACKBLACKBLACKBLACK
BLACKBLACKBLACKBLACKBLACKBLACKBLACK
BLACKBLACKBLACKBLACKBLACKBLACKBLACK
(5ページつづく)
BLACKNESSBLACKNESSBLACKNESSBLACKNESS
BLACKNESSBLACKNESSBLACKNESSBLACKNESS
BLACKNESSBLACKNESSBLACKNESSBLACKNESS
BLACKNESSBLACKNESSBLACKNESSBLACKNESS
BLACKNESSBLACKNESSBLACKNESSBLACKNESS
BLACKNESSBLACKNESSBLACKNESSBLACKNESS
BLACKNESSBLACKNESSBLACKNESSBLACKNESS
BLACKNESSBLACKNESSBLACKNESSBLACKNESS
BLACKNESSBLACKNESSBLACKNESSBLACKNESS
(本はここまで)

「明白なる運命」に関連した短い詩がいくつかあった。

ホワイトにかがやきはない
ホワイトをてらすひかりはない、
ブラックがほんとうのかがやき
ないぶからひかる。

あいしている
ブラックのおんな、
さわって
あいしてくれ、
わたしをしてくれ
オール・ブラックに

アイリーンへの愛の詩が三つあるのにレサーは気づいた。それらと「あいしている／ブラックのおんな」のどっちが先に書かれたのかはわからない。

1

アイリーン
消えたクイーン
おまえの
おまんこ
に
はさまれたい

5

おれのビッチは生粋のホワイト
おれのせいじゃない
おれはブラックの夜（ナイト）
おれのせいじゃない
このオンナとはファックしてたが
いまはもう運もつきた
おれのせいじゃない

6

アイリーン
ホワイトのビッチ
おまえがすてたのは
ブラックの騎士（ナイト）
ウィリーは運も
つきた
どう
かなしい目のブルーズ

レサーは雪のなかでゴミバケツをかきまわすのをやめた。

○

二組同時の結婚式、それがかれのこころのなかに芽生えていた。

部族の長、結婚の後見人が、死につつある山羊の震えている四肢を二本の大きな手につかみ、ぶつぶつ言いながら、膣のようにひらいた山羊の傷口から濃い血を、細長い小屋の敷居のむこうに流しこむ。これで精霊たちとの調整は完了。血はユダヤ教では適法（コーシャー）ではないが、しかし、白人の花嫁は黒髪の美しいユダヤ人であっても正統派のユダヤ人ではない。ともかく、広い敷居に多量に赤い血がながれる。

　涼しい熱帯の夏の朝に、白髪で黒い目の細身の長は、歯のない顔のうえにワシの羽根のついた山羊皮のキャップをかぶり、息子の娘のためにうるさく鳴くオス山羊の首をしずかに掻き切っておいた——その不運な息子は〈丘と洞（ほら）の神託〉のアドバイスを聞かずにアメリカにわたり、ボストンでクラップスをしているときに胸と胃と腎臓を刺されて血まみれで死んだのだった。

「フェー」後ろのほうから声がする。

「シャー」息子が言う。

　ふたりの花嫁は、親族や隣人や興味津々のよそ者たち数人の列にみちびかれて、結婚式をおこなう小屋に楽しそうに連れてこられていた。オイルを塗って着飾った一族の少女たちが、銅鑼や小さな太鼓やびっこが吹く鉄笛に合わせて詩を歌いながら埃っぽい森の道をすすみ、汗ばんだ体の若者たちは長い槍をもって踊りながら跳んだり吠えたり、腰布のなかでは男根が大きい房のぶどうのように揺れていた。

　昼の三日月がある方角で、静止することのない大洋の、弧のかたちになった海辺へ細い川がうごく。若者たちは、草の生えていない中庭をかこむいくつもの小屋のわらぶき屋根に槍を突き刺す。家禽どもが群れて暴れ、人間たちの足をつつく。ひとりの老人が雄鶏を蹴飛ばす。乾いた内陸からの風が牛糞の熟れた悪臭をはこんでくる。

「フェー」

「シャー」

顔と手に腫れ物のある、腐ったミルクのような皮膚の、小柄な褐色肌の、結婚式では長の通訳をつとめる男は、遠い昔、ホワイトチャペルで図書館員のアシスタントとして働いていたのだったが、このにおいはいい兆候だ、と言う。豊穣を予言している、と。

「なにが豊穣なんだ?」ウィリーが訊く。

「食べない牛は糞をしないから」

血族の者たちや結婚式のお客たちが窓のない小屋のまわりの敷地に群がる。燃える草からの煙でそこいらじゅうが霞んでいる。やわらかいキャップをかぶり明るい色のローブを着た部族の重鎮たちが、彫刻の入った木のスツールに腰掛ける。年長の男たちは山羊の皮のマットをひろげて脚を組んですわり、パイプを吸い、牛の話をする。くんくんにおいをかぎながらくしゃみをする。年長の妻たちは象牙の飾りものとビーズを身につけ、ひょうたんに入ったビールを下ごしらえした鶏とヤムイモのなかに注いでいる若い女たちにむかって甲高い声で指図している。細長い小屋のカビ臭い壁の前では若い男女たちが横になってげらげら笑いながら後で草っ原でなにをしようかと話している。ほとんどみんなが楽しそうだ。遠方からのお客たち、白人の新郎と新婦の親戚たち、友人たちが、雰囲気も気分もさまざまに、おたがいをながめ、待っている。

結婚の後見人が、藍色のトーガを骨張った左肩の上できっちり結び、通訳といっしょに壁を背にしてすわる。白髪まじりのひげに黒いソフト帽をかぶった神経質そうなラビが驚異の目で一同をながめている。新郎新婦の一組は歯のない長の前にすわり、もう一組は丸まったハンカチで額を拭いているラビといっしょに立っている。レサーとメアリーは、だれよりも薄着で、ヒョウ皮のうえにすわろうとしている。レサーはしきりに腕をこすっている。壇上の火が細長い小屋を明るくしているというのに、鳥肌をたてている。ウィリーはすっかりおしゃれをしていて、黒のベルベットのハットをかぶり、洗いたてのオーバーオールの上に刺繡のある黄色のチュニックをまとっている。アイリーンは完璧な身なりで、豊かな黒髪を左耳の上にシニョンにして、花柄のスカーフを頭に巻いていた。長いゴールドのイヤリングをして、白いアヤメとデイジーの花束をもっている。ラビは、香りのいい樹液がにじみでている四つ割りにしたユーカリノキの三角に裂けたポールに支えられたシルクの婚礼の天蓋の下で、そわそわしつつも、仕事にかかる用意はできている。ラビは中年のリトアニア系ユダヤ人で、ずんぐりと太っていて、ズボンについた泥の染みが乾いた泥だらけの靴の踵まで垂れている。煙草呑みで爪は黄色く汚れていて、ひげはばらばらで、ボーッとした表情。額にしわをよせて、結婚の誓約書を繰り返し読み、それから目を近づけてまた読む。

長がしわがれ声で脇の血色の悪い男に話しかける、その通訳の声がレサーと新婦には甲高くひびく。新婦は落ち着いているふうだが、胸がはげしく鼓動しているのがレサーには見える。

「かれは言っています。『わたしたちの黒人の娘が白人の男と結婚すると、わたしたちは喜ばないが、しかし、わたしたちの息子がそうするよりはそんなに悪くはない、なぜならそうなると、白人の女は男の顔を故郷の村や親族たちから背けさせてしまうから』

「かれは言っています。『娘の父親、わたしの息子はすでに死んでいる。だから、かれはわたしにかれの声でしゃべってくれと頼んでいる、かれは娘をこの白人の男にあたえて結婚させる。それは娘の希望である、と。花嫁の値段として、おまえは牛十頭を用意して支払え、そうすればわたしたちは要望に応じる。わたしはこのことは結婚の神々に伝え、先祖の霊たちにも、娘は部族の人々の前で結婚する、恥じることも隠しだてもせずに、と言った。牛たちは病気ではないし太っていて、おまえはわたしたちを裏切らなかった』」

長は、黒い目でレサーをしっかりつかまえ、うなずく。

「『われわれの娘はおまえといっしょに生き、おまえが食べるものを料理し、おまえが娘のために植えるのであればおまえの庭の世話もするだろう。男子を産んでおまえの血を絶やさず、おまえの名前と存在はおまえが死んだ後もこの地に残ることになるだろう。娘はおまえのこころに歓びをもたらすであろうから、おまえはやさしさをもって娘に接さなくてはならない』」

新郎は、ジョッキーショーツのうえに腰から膝までの燻(いぶ)して黒くしたラフィアのスカートをはいた姿で、そのようにすると約束する。首にかけている緑とすみれ色のビーズのネックレスはメアリー・ケトルスミスが前にくれたもの、頭には血のように赤い山羊の皮のキャップをかぶっている、そしていま、長い錆びた槍をまっすぐに高く掲げる。

新婦は、紫色の羽根を手にもって、やさしくつくす、と言う。シルクのような髪は小さな青い花々で縁取られ、脚はカムウッドの木で赤く染められている。赤いネックレスが三重巻きになってしっとりとした胸へとおりている。短いマタニティスカートの下、腹はすでに花開いていた。

「おまえたちは結婚した」通訳は言う、「しかし、われわれのしきたりでは、式が完了するのは最初の子どもが生まれたときです」

「長い結婚式だ」レサーは言う。

「あんたが選んだんだ」メアリーは言う。

選ぶもなにもないだろう？　仕上げなくちゃいけない本から遠く離れて、おれはいったいなにをやってる？　なんで黒いやつらに身を任せた？　だれになにを言われるかわかったもんじゃないのに？

長が、ふたたびしゃべる。

「『わたしは多くの季節を通りすぎてきた年寄りだ、おまえたちは若い。わたしよりも多くの本を知っているだろうが、わたしのほうが賢い。わたしは長い人生を生きてきたから、なにがどうなるかは知っている。いいか、わたしには六人の妻がいた、二十九人の子どもがいる。死に同席したこともしばしばだし、喪失の苦しみも知っている。わたしの言葉に耳を傾けなさい』」

レサーは、聞き逃すまいと、しっかり耳を傾ける。

「かれは言っています。『悪霊がおまえの目にのぼろうとしてきたときは、悪霊が眠るまで目を閉じていなさい』かれは言っています。『敵の腹に槍を当ててはなりません、腹はおまえの敵ではないのですから。だれかがなした悪事はけっして死にません。小屋に、庭に、村に生きつづけます。和解の儀式は無駄です。ひとは和平の言葉は言いますが、相手を許すことはありません。これらの言葉をたしかに覚えていられるか』とかれは言っています」

「わかりましたと言ってください」

「わかるのは明日だ、とかれは言っています」

長の目はいっそうつよくレサーの目に絞られる。レサーはさらにしっかり耳を傾ける。

「かれは言っています。『闇はすごく大きいので犬にも角があたえられる』かれは言っています。

『ネズミは自分を象だと思いこんで背骨を折ってしまうだろう』」

「わかります」

「明日だ、とかれは言っています」

「ともかくしっかり聴いています」

「かれはあなたに言っています。『見つけたら、その場で果物を食べなさい。おのれのはらわたを裂くトラは食べたものを消化しない』かれはあなたに言っています。『人生を楽しんで黄泉の国に向かいなさい、速いボートで歳月を漕いでいきなさい、歳月は闇を運んできますから。わたしの教えを伝えていきなさい』」

「そうします。わたしは本を書いてますので」

「自分の言葉がおまえの本のなかにはいるのは望まない、とかれは言っています」

レサーは黙する。

長が、立ちあがる。「『元気で。おまえ、そしておまえの花嫁も』」

視線から解放されて、新郎はホッとして立ちあがる。

通訳はあくびをする。

長は、ひょうたんからヤシ酒を飲む。

ひとりの若者が太鼓を叩く。

作家は、人生を楽しむべく、槍をもって裸足ですり足のダンスを踊る。みんなが手を叩いてリズムをとる。レサーのラフィアのスカートがさらさらと音をたて、ただよう不浄の悪霊どもを追い払おうとかれが槍をあっちへこっちへ突きだすたびに、踝にまいたリングがチャリンチャリンと鳴る。かれは唸り声をあげながら突きを入れる。

ダンスが終わると、かれのみじめな父親、A・レサーが、かつては健康的な仕立屋だったがいまは骨と皮の気の短い老人となって、管を組み合わせたアルミニウムの車椅子に乗って姿をみせ、汗ぐっしょりの息子に言う。

「黒んぼ（シュヴァルツァ）みたいに踊って恥ずかしくないのか、服もまったく着ないで」

「セレモニーの踊りだよ、パパ」

「おまえにユダヤの教育をしっかりしなかったわたしが悪いんだろう」

老人はむせび泣く。

花婿は妊娠している花嫁に語りかける。「メアリー、ぼくは愛が足りない性分なんだ、理由は訊かないでくれ、ともかく、きみにあたえられるべきものはなるべくあたえるから」

「あんたにとってなにかいいことがあるの、ハリー」

「まあ、きみのような人間がいる。あとは後々わかるんじゃないかな、ぼくも」

「わかった」

ふたりはキスをする。

「オーケー」腫れ物のある通訳が言う。

ラビがヘブライ語で祈禱を唱える。

部族のおしゃべりが静まる。

アイリーンとウィリーが、白のシルクの天蓋の下で、ガラスのゴブレットから輸入物のモーゲン・デヴィッド・ワインをすする。花婿の両親は、黒人の墓のなかで白い骨になっていて、懐かしの故郷に帰ってこられない。しかし、サム・クレメンスがUSAのハーレムから証人として、ひどい下痢にもめげず、本人としては喪失感にも打ちひしがれているだろうに、友人のウィリーの式に立ち会う。

アイリーンの父親と母親と、本物のブロンドの妹が天蓋の脇にかたまっている。父親のデイヴィッド・B・ベリンスキーは赤ら顔で足取りはおぼつかなく、黒いホンブルグ帽、シルクのスーツ、ストライプのシャツ、大きなネクタイ、安物のボタンという恰好。微笑んでいるが苦しそう。背の高い母親は一日中家にじっとしているかんじで、地味な白のドレスに整形靴で、青いクローシュ帽が目を隠している。鼻は半分見えるだけ。いかにもかなしそうな妹は成功した保険ブローカーの妻で、家にいて、その仕事と三人の幼い子に嫌気がさしている。

長の細長い小屋は船じゃないのに、三人はそろって船酔いしているふう。

花婿は、ポケットを二度ほど念入りに探った末に、なんか結婚指輪をもってくるのを忘れたみたいだ、と言う。三人がびっくりして見つめる。父親は一瞬ホッと息をつくが、ラビは、代わりにコインを花嫁に渡すことも認められている、と言い、そこでウィリーはズボンのポケットから暖まった十セント硬貨をとりだして渡し、それをアイリーンは式のあいだずっと手にギュッと握っている。

再挑戦——ウィリーはまず一語一句に耳傾け、そしてゆっくりとラビにつづいて朗誦する、

「ハレ　アト　メクデシェト　リ　ベタバアアト　ズ　ケダト　モシェ　ヴェイスラエル」

「おれはなんて言ってんの?」ウィリーはアイリーンに訊く。

「『見よ、この指輪によってそなたはモーセとイスラエルの法にしたがいわたしとの結婚の約束をした』」

ウィリーは乾いた唇をなめる。「結婚式専用の言葉?」

「お好みでつづくかぎり。あなたが言ったのは、わたしたちはここで結婚式をして結婚した、ということ」

かれはうなずき、ふたりはキスをする。

客たちは「ヤー」とさけぶ。

ラビは七つの祝禱を朗誦する。

ウィリーは、片方のブーツを二回踏みならして、ワインのゴブレットを砕く。

「マザル　トフ（おめでとう）」レサーは言う。

ミュージシャンたちが太鼓をパタパタ、ドスドスと軽く、楽しげに叩く。竹笛が鳴りひびく。

「あなたたちは夫と妻になりました」ラビが言う。「わたしは泣きたい気分です、でも、泣いてはいけませんね、主が『喜べ!』と言ってらっしゃるのだから」

「ウィリーとアイリーン、お話ししておきたいことがあります。ああ、結婚というのはほんと

うに大変なことです、最高の環境にあっても。かてて加えて、片方が黒人でもう片方が白人となったら、なおさらです。わたしが言いたいのは、世界は不完全だということ。でも、これはあなたたちが選択したことですから、健康と幸せと最高の環境があなたたちとあなたたちの子どもたちに訪れることを祈っています。わたしのラビ仲間はわたしがこのセレモニーを執りおこなったことをつよく批判してくるでしょう、それは承知しています、ですが、わたしは自分に尋ねたのですよ、神はやらせてくれるだろうか、と。そしてわたしはやりました。

「ウィリーとアイリーン、肉体の歓びをエンジョイするのに大学教育は必要ありません、しかし、愛しあいながらともに生きていくのは簡単ではありません。愛だけでは足りないのです、結婚を維持するということは人生を維持していくということですから。つまり、おたがいを信頼し、思いやり、寛大にならなくてはいけません、それと品性ですね。そうすれば、しなければならないときには、簡単でないこともするようになるでしょう。ほかにわたしが言っておくべきことはありますか、我が子たちよ？　理解していただけましたか。

「それと、覚えておいていただきたいのは、結婚は誓約だということです。あなたたちはおたがいに愛し合い結婚を持続させることに同意したのです。ぜひ思いだしていただきたいのは、神とアブラハムも誓約したことです、そしてアブラハムを通じてわたしたちも。神との誓約を守りつづければ、おたがいに誓約を守りつづけるのはいっそう簡単になるでしょう」

「そうします」アイリーンは言う。

「おれの家には神はいないし、いたこともない」ウィリーは言う。「神は何色なんだい？」

「光の色です」ラビは言う。「光がなければ、色は見えないでしょう？」

「黒以外はな」

「いつの日か、神はイシュマエルとイスラエル（アラブ人はイシュマエルの、ユダヤ人はイスラエル＝ヤコブの子孫とされる）をいっしょにさせてひとつの民族として暮らせるようにするでしょう。奇跡は幾度となく起きているのですから」

ウィリーは大声で笑い、泣き、黙る。

「踊ろう」アイリーンが言う。

お客たちは、重鎮たちもふくめ、立ちあがると、足をあげて踊る。若者たちの何人かは新婚のカップルたちを真似して尻と肩を振ろうとするが、まもなくやめて、足を踏みならして体を振って回転をはじめる。女たちが胡麻とトマトをまぶしたチキンと焼いたヤムイモとヤシ酒のご馳走を運んでくる。少女たちの何人かが、髪に花を飾り、輪になって踊る。黒人の若者たちがホーホーと叫びながら少女たちのまわりをまわる。

泣きたい者は泣く。結婚式に変わりはなかった。

アイリーンはレサーに、ラストダンスをいっしょに踊っているときに、訊く。「こうなったのをどう説明する、ハリー？」

「想像してた、愛の行為みたいなもの、ぼくの本の結末だ、敢えて言えば」

「たいして頭よくないんだね」アイリーンは言う。

完

レサーがゴミバケツの蓋をもちあげると、熱のこもった汚物の臭気で鼻が詰まった。顔を殴られたみたいに一歩さがった。「ネズミでも死んでるのか」とつぶやいたが、見えたのはくしゃくしゃに丸められた青い紙の玉だけ――ウィリーは黄色いのを使い尽くしたのだった。鼻をつまんでバケツに近づいた。バケツから離れて立ち、玉をくずすと、ウィリーが目下取り組んでいる少なくとも三つの話の数ページを組み立てた。

○

ひとつの話では、暑い夏の夕方、キャベツとスペアリブの夕食のにおいが川のそばの百四十一丁目に立ち並ぶテネメントの外のじっとりした空気にただようなか、通りを見下ろすタールのすっかりやわらかくなった四つの屋上に四人の男が待機している――通りの両側に二人ずつ、ちょっとでこぼこな四角形に立っている。テネメントの入口の階段のところにいた連中は椅子をたたんで、いそいでなかに引っ込む。青いクライスラーがやってきて縁石に沿ってとまる。その新車から制服の黒人の警官がおりてくると、屋上のブラザーたちが一斉に発砲する。二発が腹に、一発が背骨のそばに、一発が右の尻に命中する。警官は、まるで引き波から逃れようとするかのように両腕を振って回転するが、血まみれの歩道にすわりこんだときには死んでいて、ひとけのない屋上の鳩の巣を見えない目で見つめていた。この話の題は「一匹の警官(ブタ)の四つの死」。

レサーは、ウィリーが明らかに一気に書いたプロテスト・ブルーズ・ソングを見つけた。「ゴールドバーグの最期」、あるいは「ゴールドバーグ・ブルーズ」。

ゴールドバーグ、ミセス・ゴールドバーグ、グッバイ、グッバイ
おまえらはずっとおれたち貧しいブラックを騙してきた
おまえが背負ってる金の袋はいただくことにした
ゴールドバーグ、ミセス・ゴールドバーグ、グッバイ、グッバイ
おまえらの時代はおわったぞ
とっとと逃げたほうがいいぞ
USにポグロム（ユダヤ人への暴力、虐殺）が来る
ゴールドバーグ、ミセス・ゴールドバーグ、グッバイ、グッバイ
うん、おれが歌ってやる、ハミングしてやる

署名は「ブラインド・ウィリー・シェイクスピア」。

これに関連して、「USAの第一次ポグロム」なるものがあった。そこでは、黒のジャケットにキャップという恰好のゲットー・ゲリラのグループが革命の大義を掲げて、ポグロムがUSAで起こりうることを示す。ビジネス街の百二十七丁目の両端、リノックス街と七番街にバリケー

ドを築く。乗っ取ったトラックを何台もその通りの両端に垂直に立てる。あらかじめ用意しておいたリストにしたがってすばやく行動にでて、その通り沿いにあるコインランドリーや靴屋や質屋、さらにはユダヤ人が所有するいろんな種類の施設から、シオニスト（ユダヤ民族主義者、広義でユダヤ人）をひとり残らず、男も女もその中間も引きずりだす。店の窓を割るといったヒトラーがやったクソみたいなことはいっさいしないで、シオニストたちに歩道をごしごし掃除させる、というか、犬の糞を顔にこすりつけさせる。小さなグループに分かれてすばやく、泣き叫んで手をもみ絞るシオニストをてきぱき摘発し、ゴールドバーグをもかれの巨大な酒屋の前で捕まえ、ピストルで撃ち殺す。ゲリラたちは、警官（ブタ）どものサイレンが聞こえてくる前に、姿を消す。

　このポグロム話をウィリーは十二回書き直していて、レサーはそれ以上探すのはやめた。ある原稿では、黒人の店員たちがかつての上司たちを守ろうとするが、空中に向かって撃たれた銃声に怯んでしまう。しぶとく守ろうとしたひとりはシオニストといっしょに射殺される。アンクル・トムたち（白人に従順な黒人たち）への警告としてその黒人は顔面を撃たれる。

　その話の最後のページの余白には鉛筆のメモがあり、ウィリーの筆跡だった。「ユダヤ人が憎いということではない。しかし、もしいくらかそうだとしたら、それは自分のなかから生まれてきたというよりは、古き良きUSAで生まれて以来いろいろイライラさせられることがたくさんあったからだ。ユダヤ人を知るようになったせいでもある。黒人の自由への道はかれらに対抗する」

霧が、建物に忍びこみ、空っぽの各階を、冷えきった各部屋を、よどんだ水のにおいで満たした。ビーチは干潮でにおった。突風に吹かれて岸壁に激突したカモメの一団が腐敗して横たわっていた。廊下の明かりは、レサーの階をのぞいて、ぜんぶ消えていて、電球は割られていたり、盗まれていたり、ソケットから外されていたりした。薄汚れた階段には弱い明かりの電球がまばらについていた。レサーは切れた電球をいくつか交換したが、それらも寿命は長くなかった。その光は雨の夜の海岸通りの街灯のようだった。ウィリーの階の切れた電球を替える者はいなかった。

ある晩、レサーは、階段を降りていくとき、足音が聞こえたので、階段の吹き抜けをのぞいた。かすかな明かりのなかに、こんもりとしたひげの黒人が見えた。とんがったアフロが危険な植物のように頭に生えている。というか、まるでアキレスの兜（かぶと）。一瞬、鉄像が階段を降りていくかのように見えた。レサーは動転して立ち止まった。目を絞りこんでしっかり見ようとしたときには、しかし、もう男の姿はなかった。怯えからの幻視？　目の錯覚？　ウィリーだということがありうるか？　顔ははっきり見えなかったが、黒人が光る道具を手にもっていたのはたしかだった。カミソリか？　ナイフか？　南北戦争時のサーベルか？　いったいどの先祖の仇だというのか？　おれじゃないだろう、もしあれがウィリーなら、あいつは仕返しを――仕返し以上のことを――すでにしたではないか、おれの大事な大事な産物を破壊して。方向転換してレサーは急いで部屋へと駆けのぼり、急いで三つのキーで三つのロックを開け、まずはとうぜん埃だらけの原稿を確認し、それから万が一のときに身を守るためのものを探した。クローゼットを開けると、斧がフックに引っかけてあった。それをデスクの上、タイプライターの脇に置いた。

じっとしていられず、ウィリーなのか、それとも別な黒人がこの建物にいるのか——あのときのギャング？——知りたくてたまらず、忍び足でウィリーの階まで降りていった。ドアは開いていて、ぼんやりとした黄色の光がひとすじ、真っ暗な廊下にさしていた。預言者のエリヤ？　神霊？　ポク、ポク、ポク、ポク。なんだ、いったい、あいつはなにを書いてる？　母親を殺す少年のことか？　ポグロムとかでだれが死んでるのか？

ウィリーが、六インチ（約15センチ）のアフロに、ざっくりしたグリーンのセーターをパッチのついたオーバーオールの上にかぶり——エッケ・ホモ（このひとを見よ＊）！——がっしりした背中をドアに向けて、リンゴの箱の上にすわって、ひっくりかえした鶏卵の木のケースにのせたL・C・スミスに向かって猛烈にタイプを打っていた。

おい、ビル、とレサーは、書いている男の姿にこころ動かされて、廊下で思った、どんな調子だ？

とても口に出して言えるものではない、傑作になるはずだった小説の完成目前の原稿を、十年の労苦の成果を確信犯的に破壊した人間なのだから。かれの歴史を、そして自分のも承知しているが、なにも言えるものではない。

レサーはなにも言わなかった。

こそこそと引きあげた。

おそらくウィリーはロックしたおれの部屋の前まであがってきて、おれが仕事をしているのを耳を澄まして聴いているのだ。あいつは食物の気配に耳をたてるネズミではない、あいつは人間だ、作家だ、小説が得意なだけの、ビル・スピアだ。いったいなんのために聴こうとしている？　おれが生きつづけているかを知るため？　おれの本の小説の「完」が聴きたいのだ。それを聴くためなのだ。いくつもの不運や障害やリアルな悲劇にもめげずにとうとう完成させたことを知るためなのだ。完成させたと信じたいのだ――信じなくてはならないのだ、そうやって自分の混乱を乗りきりたいのだ。自分の本を完成させたいのだ――なんとしてでも。自分の仕事への信念が足りなくなってきたので、おれのを聴いて、念願の「完」を目指したいのだ。レサーにできるのなら、おれにもできる、と。

しかし、あいつが聴きたがっているものを、こっちは構築できずにいる。あいつの耳が敏感なら、うまくいってないことの音色が聞こえているだろう。きっと邪悪な耳をたてて、祈願しながら、あいつができないことをこっちがやるのを邪魔しているのだ。おれの切った爪やいかれた櫛にからまった髪の毛をゴミバケツから見つけだして呪いをかけているということもありうる。おれが崩壊し、倒壊し、衰退するのを念じているのだ。あいつが聴いているのは、想像しているの

＊　十字架に架けられる前いばらの冠をかぶったキリストを指して処刑を許可したローマの総督ピラトが言った言葉。

は、切望しているのは、完全な、引き返し不能な、おれの失敗なのだ。

○

ある冬の晩、ふたりは冷えきった階段で出会う。闇が下の階から忍び寄っている。ウィリーは、すこし背が伸び、前よりやせて、顔はでこぼこで、よじれた髪はひっくりかえってはいるが、変わりない。レサーはというと、ふにゃっとしたレーニン風のヤギひげが伸びていて、怯えながらの這うような足取り。ウィリーはのぼっていくところで、レサーは、飛びかかられたらすぐにでも飛びかかれる態勢で、降りていくところ。ふたりは見つめ合い、相手の呼吸に耳傾ける、途切れ途切れのふたりの白い息が冷気のなかへ舞いあがっていく。ウィリーのふくらんだ目は黒いペンキの色で、その官能的な唇を濃い口ひげと細かく絡み合った顎ひげが隠している。ごつごつとした太い関節の指が丸まって巨大な拳になっている。

レサーは、コートの襟をたて、黒人の脇をだまってすりぬけようとするが、気づくと、ともに、おたがいにはじかれたかのように、相手を避けるために横へよけようとしている。

よけずに、憎しみを抑えて、レサーは荒く息を吐く。

「許すよ、ウィリー、きみはさんざんなことをわたしにしたが」

「おれを許すなら、おれもあんたを許してやる」

「わたしの本をきみは燃やした――」

「おれの愛するビッチをあんたは盗んだ――」

「彼女が自由に選択したことだ。わたしも同様だ。きみを特別あつかいなどしていない、ほかのだれにたいするときと変わらない」

「ユダヤ人はだれもおれを人間としてあつかってないよ――男だろうが女だろうが。あんたらは自分を選ばれた民だと思ってる。まあ、それがそもそもまちがいなんだ。おれたちが選ばれた民なんだよ、いまもこれからも。まもなくわかる、あんたらのくだらねえ誇りともお別れだよ」

「頼むよ、ウィリー、わたしたちは作家だ。ものを書く人間らしく話そうじゃないか」

「おれはあんたとはちがう太鼓を叩いてるんだよ、[*]レサー。フォームがなんちゃらとか、おれにはどうでもいい。あんたは、そんな言葉でおれの内に秘めた自信を傷つけた。あんたのせいで、前やってたみたいには書けなくなったよ」

目をぎらつかせて、頭から突っこむように階段を駆けおりていく。

レサーは階段をのぼって書こうとする。

なにも出てこない。どこか不快なにおいが紙から立ちのぼる。

◯

レサーは自分のいる家が怖くなる、ほんとうに怖くなる。見慣れているものがよそよそしくな

＊ 価値観がちがう、という意味。出典はソローの『森の生活』で、黒人作家ウィリアム・メルヴィン・ケリーの小説『ちがう鼓手』は1962年刊。

る。鉛筆に緑のカビがつく。割れている水差しが立ったまま崩れる。ドライフラワーが床に落ちる。床がかたむく。自分が飲んでいるカップがわからなくなる。ドアが開いてバンと鳴る、開いてバンと鳴る。午前中の半分、それがいったいなんなのか、探るが、わからない。レヴェンシュピールがバンと叩いているのか？　建物が大きくなって、無用な階がふたつできて、空っぽの部屋が増えたかのようだ。風が、不気味なかなしい海の音楽になって、それらの部屋に住みつき、森の木々を吹きぬけるように壁をぬけて動きまわる。風が頭上でうたう。書きながら、かれは聴く。「風は去った」とレサーが書いても、まだ聞こえる。気分は悪いが、怖くて部屋を出られないのは、もどってこられなくなるのでは、と思うから。めったに外出はせず、週に一度、袋いっぱいに食料品を買うだけ。仕事をしながらときどきうとうとするが、そんなときは起き、運動のために廊下を歩く。それ以外は、書いている。

　言葉を繰り返し読んでいると、書いてもいない、というか、書いたとは思えないシーンが見える。地下室でウィリーが油を染みこませたぼろきれの入った箱に火のついたマッチを植えつけ、そこから伸びた轟々たる炎の木が満開になったときのように、炎が各階を溶かしながら高く燃えあがっている。レサーは、原稿を守るべく――数週間たっているのだ、前に書いた分を貸金庫に預けてから――非常階段に突進する。窓は、濃密にからまりあってパチパチいう炎の枝と重たげな炎の実にふさがれている。レサーは屋上へ逃げる。まわりでは、火花を散らしながら噴きあがる長い煙と角（つの）のように舞っては輝く灰が、赤くなった空にのぼっていく。火の森のなかで燃える家、家、家。すぐ近くからは、砕ける波の音のような、押し殺された呻き声が、叫び声が、泣き声が立ちのぼる。泣いているのはだれだ？　死んだのはだれだ？　暴動か？　ポグロムか？　内乱か？　おれは紙の原稿をもってどこへ行けばいい？

レサーは書く。愛についての本を書いている。そうする必要があり、そうしなければならないのだ。すべきことは、想像をめぐらしながら予測不能のエンディングめざして、紙の上に言葉をならべていくこと。アイリーンはサンフランシスコに発った。メモにさようならと書いて、住所は残していかなかった。「どんな本もわたしほど大事じゃない」と彼女は書いた。彼女がいようがいまいが、終わらせねばならない、言語で愛を創造し、それが連れていってくれるところはどこか、見なければならない、いやでもおうでも。そこは謎で、言葉を追っていくしかない。きっと、本のなかの人物はそれがどこにあるか、知るだろう、そして、レサーも知るだろう。もっとも、愛を追いかけていく旅をしなければならないとしたら、そもそものはじめから迷うことになるだろうが。どんな旅も役にたたないだろう。しかし、なんであれ、持っていないよりは、探したほうがいい。見ることは持つことだ、とだれかが言っている。レサーも、本を書き終えたら、はっきりとわかるだろう。残念だ、ウィリーが燃やした原稿にかれはそれはきちんと書いていたのだから。いまのほうが二倍も考え、二倍も働いているのに、以前のほうがよくわかっていたように思えてくる。あれはいい本で、もうすぐ終わるところだった。あれのなかのほとんどぜんぶを覚えているが、あそこにあったように再生することはできない。いったいどうすればおなじことを二度書けるのだろうか？　むりやり昨日へ逆戻りしようとするみたいなことか。たぶん、手を伸ばせばいいだけだろう、そうすれば言葉が流れでてくる。あとは最後のシーンを書いて、最終的な省察をひねりだせばいいだけだった。それで到達、小説は完成となり、小説はおれから自由になり、おれも自由になるはずだった。自由は愛を招く。おれはアイリーンと結婚してサンフランシスコに行っていただろう。彼女との暮らしがひどいものになることはなかったろう。彼女はおれの仕事を尊重してくれている。きっといっしょにつくりあげていけた。

かれには、部屋に永久にすわりこんで本をあるべきかたちで終わらせようとしている自分の姿が、見える。ウィリーが原稿のコピーをふたつともに破壊してさえいなかったらよかったのに。どっちかひとつでも残っていたらよかったのに。かれにははっきり見える、すべての言葉があるべきところにあるのが。なくなった原稿を悼みながら、レサーは机の前から立ちあがった、惨めでもあり、怒り狂ってもいた。斧をひっつかむと、階段を二段飛ばしで駆けおりた。防火ドアを押しあけて、大股で静かに廊下にはいった。ウィリーがタイプを打っているのが耳にはいると、歩きだしてもすぐに吐きたくなったが、なんとか廊下をはさんで反対側の部屋に忍びこんだ。そこに隠れた、期待と憂鬱を抱いて。やがて黒人はコーヒーでも買いにか、青い紙が切れたのか、出ていった。レサーは部屋にはいり、タイプライターにはさんである紙を読み――たいしたものではなかった――ビリッと引っぱりだした。それから一発一発ていねいに、両目をぐしょぐしょに濡らしながら、ウィリーのタイプライターを滅多切りにした。一発一発がガーンガーンという音楽になった。ぐしゃぐしゃのガラクタになるまでマシンを切り刻んだ。黒いインクの血が流れた。斧はもちこたえ、刃がボロボロになった。レサーは熱が出たみたいに震えていたが、しばし、尋常ならざる安堵感を覚えた。自分がなにをしたかなどどうでもよかった、ひどい自己嫌悪におそわれたが、しばし、これで順調に書けるのではないか、と思った。

○

レサーは、夜眠れず、六階の自分の部屋の窓から、ウィリーが明け方に道路の反対側のゴミバケツをいくつも突っついているのを、見張っている。ウィリーは、日々、レサーが破いた白い紙の切れ端を寄せ集めては本の進行具合をたしかめていたのだった。数週間、ゴミバケツにはなにもなかったが、それでもウィリーは探っている。もうじき春だった。レヴェンシュピールの深く凹んだゴミバケツにもなにもはいっていない、手書きの青い紙をくしゃくしゃに丸めたものも。ゴミバケツは週に二回、空になる、言葉ゼロに。

家主は、病気で、顔は青白く、臭い息を吐きながら、一階の部屋のドアというドアを枠からブリキ板でふさぎはじめた。長い釘をハンマーで打ちこんでしっかり留めた。一階がかたづくと、二階のドアにブリキ板を釘でとめはじめた。いいじゃないか、とレサーは思った、これでウィリー・スピアミントを追い払える、と。閉じこめられて出られなくなるか、閉ざされて入れなくなるか、どっちかだ。あいつがこの建物に取り憑かなくなれば、おれは仕事を終えられる。

○

作家は、書けないと、吐き気がした。書いていると、言葉ひとつごとに、言葉を思いめぐらすごとに、吐き気がした。

それでも、毎朝、おれは手に万年筆をもって、紙の上で動かした。線ができたが、言葉はできなかった。大きなかなしみが襲ってきた。

○

ふたりはおたがいに廊下をのろのろ歩いた。ふたりとも、相手がどこにいるかはわかっていたが、それぞれの居場所は変わっていた。ホルツハイマーの部屋の樹木は壁から離れてじめじめした床へと伸びていた。根をはり、繁茂し、廊下へとひろがり、階段へと伸び、巨大なシダにかこまれるようにして、のこぎりの歯をしたサボテンが人間よりも背丈を伸ばして、雑食性の植物たちを腐敗させていた。

ある晩、ウィリーとレサーはブッシュのなかの開いた草地で出会った。コケが垂れてロープがからまっている樹木の上、その夜に月はなかった。ふたりとも相手は見えないが、どこに立っているのかは察知している。ふたりとも自分のかすかな息づかいが聞こえる。

「血を吸うユダヤ人の黒んぼ嫌い」

「ユダヤ人嫌いの大猿」

ふたりの金属が隠れた光に輝いた、おそらく密集した樹木のあいだをおずおずとすりぬけてきた月の光だろう。ウィリーの眼鏡のフレームが、一瞬、キラッと光った。ふたりは、ともに、正確に狙った。レサーは刃のぼろぼろになった斧が頭蓋と脳に食いこむのをかんじたが、呻く黒人のカミソリのように鋭いサーベルは、はげしく突き刺す一振りで、白人のきんたまを体から切り落としていた。
ふたりとも相手の苦悩はわかってる、と作家は思った。

完

○

慈悲を、ふたりとも、おねがいだ、レヴェンシュピールはさけぶ。ハブ・ラフモネス（慈悲を）、頼む、
わたしに慈悲を。慈悲を　慈悲を　慈悲を　慈悲を　慈悲を　慈悲を　慈悲を　慈悲を　慈悲を
慈悲を　慈悲を　慈悲を　慈悲を　慈悲を　慈悲を　慈悲を　慈悲を　慈悲を　慈悲を　慈悲を
慈悲を　慈悲を　慈悲を　慈悲を　慈悲を　慈悲を　慈悲を　慈悲を　慈悲を　慈悲を　慈悲を
慈悲を　慈悲を　慈悲を　慈悲を　慈悲を　慈悲を　慈悲を　慈悲を　慈悲を　慈悲を　慈悲を
慈悲を　慈悲を　慈悲を　慈悲を　慈悲を　慈悲を　慈悲を　慈悲を　慈悲を　慈悲を　慈悲を
慈悲を　慈悲を　慈悲を　慈悲を　慈悲を　慈悲を　慈悲を　慈悲を　慈悲を　慈悲を　慈悲を
慈悲を　慈悲を　慈悲を　慈悲を　慈悲を　慈悲を　慈悲を　慈悲を　慈悲を　慈悲を　慈悲を
慈悲を　慈悲を　慈悲を　慈悲を　慈悲を　慈悲を　慈悲を　慈悲を　慈悲を　慈悲を　慈悲を
慈悲を　慈悲を　慈悲を　慈悲を　慈悲を　慈悲を　慈悲を　慈悲を　慈悲を　慈悲を　慈悲を
慈悲を　慈悲を　慈悲を　慈悲を　慈悲を　慈悲を　慈悲を　慈悲を　慈悲を　慈悲を　慈悲を
慈悲を　慈悲を　慈悲を

訳者あとがき

『テナント』は、一九七一年に出版された、バーナード・マラマッドの六冊目の長編である。マラマッドは一九八六年に七十一歳で亡くなったが、遺した長編は八冊で、そのうちの七冊は日本語に翻訳されており、唯一、この『テナント』だけが紹介が遅れていて、本書が初の翻訳である。

『テナント』は、マラマッドが書いた作品のなかでは、きわだって異色のものである。

マラマッドの作品は、長編では『アシスタント』（一九五七年）が、短編集では『魔法の樽』（一九五八年）がよく知られているが、ユダヤ人移民のアメリカでの苦難の日々のありさまを、前者では切実にリアルに、後者ではほとんど寓話のように、かつユーモラスに描いている。いまでこそ、ユダヤ人はアメリカの政治経済に大きな力をもつようになっているが、かなり長い間、白人が主流のアメリカで、移民として冷遇されていた。第二次大戦後まもない一九四五年にはアメリカ・ユダヤ人委員会の支援のもとで総合雑誌『コメンタリー』が創刊されたが、アメリカ人としての存在をつよく主張していく雑誌として力を発揮していくことになる。ユダヤ人の多くの論客がここに寄稿したし、ユダヤ人の作家たちもここをとりあえずの発表の舞台としている。ソール・ベローもフィリップ・ロスもこの雑誌に応援されてデビューしていったし、マラマッドもまた同様で、『魔法の樽』のなかの多くの短編は、初出はこの雑誌である。そのうちのひとつ「天使レヴィン」もこの雑誌に発表されたものだが、その最終節（「すばらしいよ、ファニー」とマニシェヴィッツは言った。「信じてくれ、ユダヤ人はそこいらじゅうにいる」）は、文脈を離れて、アメリカで格闘するユダヤ人を力づけた可能性はある。

マラマッドは「ユダヤ系作家」とひとくくりにされるのは好まなかったが、あるインタビュー（一九七四年の『ハダサー・マガジン（Hadassah）』）で、「わたしの作品に登場するボーダーラインに立たされている人物たちはユダヤ的なバックグラウンドの影響下にあるが、わたしがユダヤ人について書くのは、かれらのことを知っているからで、かれらといっしょだと落ち着くのだ」と語っているように、ユダヤ人について書くと落ち着いていられたようである。

『テナント』は、その点、黒人が大きく出てきて、ユダヤ人と対決してくるのだから、マラマッドとしてもさぞや落ち着いて書いてはいられなかったろう。じっさい、『テナント』での黒人のふるまいやしゃべりの書きかたにはいまひとつ自信がなかったようで、デビューしてまもない若い黒人作家のジェイムズ・アラン・マクファースンに原稿を見せている。

「一九七一年頃、バーナード・マラマッドが『テナント』なる題の小説の原稿をわたしのところに送ってきた。その小説についてマラマッドにはいろいろ心配なところがあったのだ。とくに、ユダヤ人作家のハリー・レサーと黒人作家のウィリー・スピアの対立がどう読まれることになるか、気にしていた。」そして「作家になろうと奮闘中だった」マクファースンは「マラマッドへのお礼として、小説のなかの何ヶ所かを書き直し、スピアの話しかたとレサーの話しかたを書き分け、さらには新しいシーンをいくつか提案した。」

マクファースンは一九七八年には短編集『Elbow Room』でピューリッツァー賞を受賞するが、マラマッドの『テナント』に協力したことについて報告したのはマラマッドが亡くなってからで（一九八九年の『ティクン（Tikkun）』への寄稿）、この共作の可能性についてはマラマッドの研究者のあいだではまだ調査中のようだ。しかし、いずれにせよ、マラマッドが『テナント』では自分の慣れない分野に乗りだそうとしていただろうことが推察できる証言ではある。

では、どうして、慣れない分野に進んでいこうとしたのか。

もちろん、新しいことを試みたいという作家としての野心もあっただろうが、なによりも一九六〇年代という混乱の時代の波に押されたことはまちがいない。黒人の公民権運動から派生していく過激な黒人の運動、ベトナム戦争への反対行動から発展していく若者たちの過激な活動、それらの動きから展開される無秩序な社会の風景、そういったものに刺激されただろうことはまちがいない。ソール・ベローは一九七〇年に出した『サムラー氏の惑星』ではニューヨークの荒廃した光景を描くことになったし、フィリップ・ロスは一九七一年に出した『われらのギャング』では荒唐無稽な論理を展開する大統領を荒唐無稽に徹底風刺するという異色作を発表していて、いずれも一九六〇年代の混乱があったがゆえの産物である。

マラマッドは、長いこと、大学の教師として、個人的な事件や冒険はいろいろあったようだが、がいして穏やかに過ごしていた。そんな一九六〇年代後半のある日、勤務先の大学に黒人の活動家が講演にやってきた。フィリップ・デイヴィスは『バーナード・マラマッド、一作家の人生』なる伝記に、そのときのマラマッドの様子を伝える証言を紹介している。邦訳（『ある作家の生　バーナード・マラマッド伝』英宝社刊）もあるが、私の訳でそこを引くと――

「アーティストのジュールス・オリツキーはベニントン大学で黒人の活動家が熱く話したイベント

のときのマラマッドの反応を覚えていた。活動家が熱烈に白人を攻撃する様子に、マラマッドは仰天してあわてていたふうだった。オリツキーのほうはというと、おどろいているマラマッドにおどろいた。作家のなかのイノセンスが傷ついたかのようで」

まさに、『テナント』のなかのユダヤ人作家レサーの姿そのものである。なにしろ、レサーはというと、ひとりっきりになった、ということは、だれにも邪魔されない快適な空間で、ひとり悶々と、とはいっても、じつは黙々と文章をいじくりまわして傑作を書こうと精進する、ある意味、優雅な時間をすごしていたら、そこにいきなり、過激な言葉を吐く黒人ウィリーが割りこんできたという恰好なのだから。そして、レサーは脳みそをおおいにかきまわされることになる。「愛」という、不変の、というよりか、ありふれた文学のテーマと格闘する、というか、たわむれる日々は乱される。執筆に奮闘するなか、レサーはベッシー・スミスのレコードなどもかけて聴いていた。それを見つけたウィリーは、「この女はあんたにとってなんなの？」と訊く。「彼女はホンモノだ、語りかけてくる」（39ページ）とレサーは答える。すると、ウィリーは言う――「黒人が経験してきたことの、あんたはエキスパートか？（…）おれは大嫌いなんだよナ、白人が黒人についてクソみたいなことを言うのが」

『テナント』には、エピグラフとしてベッシー・スミスの歌の詞が引用してある。

「やってしまわなくちゃ、終わりを見つけなくちゃ」と訳しておいたので、それはいかにも小説のエンディングを探すレサーの呻きのようにも、レサーへの励ましの歌のようにも聞こえるが、出典は「長いいつもの道（Long Old Road）」で、原文は――

「I got to make it, I got to find the end」

歌は、短いブルーなブルーズで、リフレーンは省略して訳しておくと、こんなようなものだ。

「長いいつもの道だ、終わりを見つけないと。／そこに着いたら、友だちと握手しよう。／道の脇の木の下にわたしはすわった。／どんな思いにおそわれたか、だれにもわからないだろう。／泣いた、泣いた、涙が地面に落ちた。／終わりに着いたが、すっかり憂鬱になった。／バッグを持って、ふたたびやりなおすことにしたよ、ベイビー。／やらなくちゃ、終わりを見つけなくちゃ。／だれも信じられない、ひとりでいたほうがいいかもしれない。／長いこと行方の知れなかった友だちを見つけたけど、家にいたほうがよかったのかもしれない」

明らかに、黒人の自由への道、なかなか手にすることのできない困難な、黒人にはすっかりお馴染みになってしまったいつもの道を歌ったものだ。やっと見つけた「長いこと行方の知れなかった友だち」はどのような変わり果てた姿になっていたのか、深く想像させる。抑圧されつづける黒人の状態と、「ふたたびやりなおす（I tried again）」という意志も伝わってくる、そのような歌を、作品を完成させなくちゃな、と「語りかけてくる」という自分に都合のいい解釈で理解してしまっているかもしれないレサーへの皮肉としても、マラマッドはこのブルーズの一節をエピグラフにもってきたのだろう。

マラマッドは、『テナント』以前にも、作品に黒人をとりあげている。前に言及した「天使レヴィン」（一九五五年）、それと「黒はわたしの好きな色」（一九六三年）である。しかし、黒人との距離にはっきりと変化がみられて、そこが興味深い。

「天使レヴィン」は、センチメンタルでもあり幻想的でもある、そしてどこかユーモラスな寓話のような話をこしらえるマラマッド得意の短編の芸がきわだつ作品で、不幸につぎつぎと襲われるユダヤ人の仕立屋を救いに黒人の天使があらわれるという話である。その天使は、肌こそ黒いが、幼い頃からユダヤ教を信じていたので、ユダヤ人だと名乗る。仕立屋には、最初はそれがどういうことか理解できないが、最後の最後でその天使に救ってもらえると、前に紹介したような台詞を妻に吐く――「すばらしいよ、ファニー、信じてくれ、ユダヤ人はそこいらじゅうにいる」

「天使レヴィン」が書かれた翌々年に刊行された長編『アシスタント』では、移民のイタリア人が最後にはユダヤ教を信じるユダヤ人になるが、一九五〇年代のマラマッドには、「ボーダーラインに立たされている」苦境に生きるさまざまな移民や黒人は「ユダヤ人」としてとらえられるという、ある種、楽観的な思いがあったのだろう。

一九六〇年代前半に書かれた短編「黒はわたしの好きな色」になると、味わいは変わって、センチメンタルだがきわめてリアルな話になる。ハーレムで酒屋をいとなむユダヤ人が語り手で、自分は黒人を差別してはいないし、それどころか、黒人は好きだ、と心底から思っている。しかし、家に掃除に来てくれる黒人女性は、いっしょにキッチンのテーブルでご飯を食べてもいいのに、と誘っても、受け入れず、洗面所で食べる。子ども時代をふりかえっても、近所の黒人の子どもとなかよくなろうとしても相手にされなかった。また、おとなになってからふとしたことで知り合った黒人の女性とは、しばし付き合うことはできたものの、最後に結婚を望んだら断られた。さらには、それからしばらくして、街角で盲目の黒人に手を貸してやろうとすると、「あんたは白人だろ」とすげなく言われ、その盲人の知り合いの黒人女性に突き飛ばされた。

「天使レヴィン」とはうってかわって、黒人が近づいてきてくれるどころか、黒人に近づこうとしても、近づかせてくれない存在に黒人はなっている。それどころか、「ユダヤ人はそこいらじゅうにいる」と喜んでいたのは遠い昔のことで、黒人からは「白人」あつかいされる身になっている。その時期あたり、じっさい、ハーレムには黒人に高い家賃で部屋を貸すユダヤ人たちがあらわれはじめていて、『テナント』ではレヴェンシュピールがそのような役を担っているが、そのような家主たちの台頭にしたがい、黒人のあいだではユダヤ人は「白人」とみなされるようになった。そのへんを踏まえて書かれたのが「黒はわたしの好きな色」である。

そして、つぎに来たのが『テナント』だ。黒人とユダヤ人の関係ははげしく悪化して、読んでいただければおわかりのように、凄惨な対決を迎えることになる。

二〇〇三年に『テナント』の新装版が刊行されたさい、ボスニアからアメリカに移住して作家になったアレクサンダル・ヘモンが序文を寄せて、こう書いている。

「『テナント』はアメリカの文学の歴史においてターニングポイントになっており、文学にアイデンティティー・ポリティクスが台頭してきたこと、〈純粋芸術〉の可能性への信頼がなくなってきたことの始まりを示している。」

アイデンティティー・ポリティクスとは、『リーダース英和辞典第三版』によれば、「アイデンティティーの政治（人種・民族・宗教などをアイデンティティーとする集団の利害を主張する政治）」。『テナント』の最後には「慈悲を」が並ぶが、それはユダヤ人家主レヴェンシュピールの願いというよりは、アイデンティティー・ポリティクスにたいしてあげられたマラマッドの悲鳴といってもいいだろう。

刊行から五十年経った『テナント』だが、古さをかんじさせない。それは、書くことの困難という文学の不変のテーマのひとつについての話だからでもあるが、それ以上に、最後にならぶ無数の「慈悲を」のような声が、いまなお、いちだんと、アメリカはもちろん、世界のいたるところであがっているからでもある。

『テナント』は、二〇〇五年、映画になり、ウィリーを黒人のラッパーのスヌープ・ドッグが演じているというのでDVDを取り寄せて観たが（日本では劇場未公開）、ラッパーの激しいラップを期待していたのに、変におとなしい作品になっていたのが残念である。

翻訳には二〇〇三年の新装版を底本とした。こんな本が埋もれているんですが、というこちらの提案に興味をもち、終始つよい関心をもって見守ってくださった尾方邦雄さんに感謝します。

二〇二〇年十一月　アメリカ大統領選挙の日

青山南

著者略歴

(Bernard Malamud, 1914-1986)

ユダヤ系ロシア移民の子としてニューヨークのブルックリンに生まれる．学校で教えながら小説を書き，1952年，長編『ナチュラル』でデビュー．その後『アシスタント』(57)『もうひとつの生活』(61)『フィクサー（修理屋）』(66)『フィデルマンの絵』(69) に続き本書 (71)，『ドゥービン氏の冬』(79)『コーンの孤島』(82) の8作の小説を書いた．また短編集に『魔法の樽』(58)『白痴が先』(63)『レンブラントの帽子』(74) の3冊があり読者は多い．

訳者略歴

青山南〈あおやま・みなみ〉1949年生まれ．翻訳家・エッセイスト・アメリカ文学研究者・絵本作家．1973年，ジョン・ドス・パソス『さらばスペイン』で翻訳家デビュー．訳書にフィリップ・ロス『われらのギャング』『ゴースト・ライター』『素晴らしいアメリカ作家』，カルヴィン・トムキンズ『優雅な生活が最高の復讐である』，ジョーン・ディディオン『ベツレヘムに向け，身を屈めて』，ジャック・ケルアック『オン・ザ・ロード』など．著書に『翻訳家という楽天家たち』『南の話』『60歳からの外国語修行　メキシコに学ぶ』など．絵本に『あんなかいぶつみたことない』．

バーナード・マラマッド
テナント
青山南訳

2021年1月18日 第1刷発行

発行所 株式会社 みすず書房
〒113-0033 東京都文京区本郷2丁目20-7
電話 03-3814-0131(営業) 03-3815-9181(編集)
www.msz.co.jp

本文組版 キャップス
本文印刷・製本所 中央精版印刷
扉・表紙・カバー印刷所 リヒトプランニング

Printed in Japan
ISBN 978-4-622-08975-9
[テナント]
落丁・乱丁本はお取替えいたします